烟波江上

刘汉俊 著

北方联合出版传媒（集团）股份有限公司
春风文艺出版社
·沈阳·

刘汉俊 中央某机关干部，湖北赤壁人，中国作家协会会员。在报刊上发表多篇文学作品和理论文章。出版《一个人的河流》《午夜的阳光》《千年的桨声》《文化的颜色》《南海九章》《刘汉俊评点历史人物》《乡愁深处》等个人文学专辑，出版《缔造精神》《塑造形象》《重民生》等学术专著。

人类，从血泊中站起（代序）

一向英雄的武汉，忽然成了一座教人心疼的城市，一向聪明机灵勤奋敢拼的九头鸟，真的受伤了。

"你此刻的心，像一个泪包，一碰就是汪洋一片"，这是我在长诗《给武汉的一封信》里的一句。这种感觉，是这些天来我在同家乡众多亲友的密切联系中得出来的。写下"泪包"二字，我已然泪包了。

武汉封城，春节无法回家，我只能通过手机客户端的"强国直播"看武汉。八个摄像头直播武汉的街景实况，其中一个正对长江边上的江汉关钟楼。画面上的长江依然浩瀚，但南北穿梭的轮渡停摆了，孤零零的趸船泊在岸边；对岸的建筑春笋般矗立，偶有一两艘货船从东往西逆水而上；往日里人车挤挤密密熙熙攘攘的沿江大道，此刻鲜见人身车影；旁边是著名的江汉路步行街，此刻空荡寂寥。画面的主角，是江边那座已近百年历史的江汉关钟楼，嶙峋骨立昂然倔强，楼顶一面鲜红的国旗依然迎风飘扬。

欧洲风格的江汉关是英国殖民者设立的海关，是中国沦为半殖民地的见证，也是汉口开埠、武汉走向近代的标志。早已收归国有的江汉关曾是武汉海关的办公地，现在是武汉海关博物馆，收纳着中国海关的风云沧桑。不知道茕茕孑立的江汉关目睹百年未有的空旷，是否觉得孤独而怆然？大钟的指针是否依然坚定地前行，在寒风冷雨中还能否发出深沉浑厚而悠扬飘远的钟声？

每每看到这个画面，我都为之心动。那天清晨，一位身着橘红色工作服的保洁工进入了画面，在空落落静悄悄的江汉关街面，这个踽踽独行的身影认真地打扫上的落叶枯草。几乎在每天早晚，这个生动的画面都会出现，让我鼻子发酸。全城封闭，万人归巷，他们依然顶着寒风、冒着风险，维护着这个城市的容颜和尊严，坚定而执着。他们的存在是一种坚守，他们的身影是一种力量，有了他们你可以长舒一口气，这座城市还在正常运转。

江汉关上空阴云笼罩，像武汉城此刻的心情。新冠病毒有如魔鬼，暴虐地攫取一条条鲜活的生命。威胁无处不在，死神随处藏身，城里几乎每一个人都能听到这恐怖的足音，都有认识的或拐几个弯认识的人被感染、被确诊，甚至罹难，提前没有预约，中枪没有前兆，对象不加选择。几十例，几百例，上千例，数据不断攀升，像是开发互联网产品进行的灰度测试，比灰度测试更可怕的是，下一个是谁、什么时间，程度怎样、结果如何，扩大到多大范围，谁也不知道。只知道，他们是院士、教授、博导、医院院长、医生护士、工程师、董事长、警察、画家、诗人、导演、飞行员、志愿者、社区工作者、长江救人者、出租车司机、健美冠军、工人农民兄弟，是爷爷奶奶爸爸妈妈，是孝顺的儿女乖巧的孩子，是我的老师、学长、熟人、同乡，同学的朋友、朋友的同学。看到那一个个在猝不及防中倒下的身影，我一阵阵地心疼。心有时候是会疼得落泪，甚至会滴血的。

　　我对武汉，没法不牵肠挂肚。我的祖籍是湖北赤壁，距武汉一小时车程。武汉是湖北人的中心，是湖北人工作生活的坐标指向。父亲当年从赤壁山沟里考入北师大物理系，毕业分配在位于汉阳的军工厂工作，我在汉阳的龙灯堤旁边上的幼儿园，3岁起跟着擅泳的父亲在汉水里学游泳，所以才有了我后来多次参加"7·16"横渡长江活动。读小学时回到赤壁老家的山村莲花塘刘家，每年的寒暑假回到武汉，两次读大学在武汉。第一次参加工作在武汉，在长江上度过我人生最浪漫最具印记的五年，我曾经工作的办公大楼距江汉关钟楼百步之遥，到我曾经住了三年的汉口洞庭街只需三分钟。虽然我现在北京工作，但一年总要回几次武汉看望年迈的父母。疫情发生以来，他们一直困在家中不敢出门，我每天几个电话和视频查父母的岗，检查平时就在家中憋不住的老父亲是不是擅自出门了、是不是听话了。在武汉，还有那么多亲人，数不清的来自武汉的信息，向我诉说着难过、痛苦、愤懑、悲伤、祈盼。

不光是武汉，孝感、黄冈、荆州、咸宁等，还有我的故乡赤壁，湖北的每一条信息、每一个数据都牵扯着我。

湖北是一个充满生机的地方，武汉是一座英雄的城市，但现在是一只受伤的九头鸟，一个曾经聪明勤奋、能闯敢拼、顽皮活泼、重情重义，此刻却是满心伤楚楚、满眼泪汪汪的孩子。如何教人不心疼！

令人心疼的，不仅仅是今天的湖北、武汉，还有我们这个在多难中兴起的民族，这个从苦难走向辉煌的国度。

关注古代文学的人会发现，在东汉末年建安七子的生卒表中，陈琳、王粲、徐干、应玚、刘桢五人的生命定格在公元217年（建安二十二年）。是的，他们代表了那个时代的文学高峰，却齐刷刷地倒毙于同一场瘟疫。史料记载"冬，是岁大疫"。他们的文友曹植是这样描述的："家家有僵尸之痛，室室有号泣之哀""或阖门而殪，或覆族而丧"，文心之殇，如泣如咽。

瘟疫一直伴随并威胁着我们脚下这片古老的土地。大头瘟、虾蟆瘟、疫痢、白喉、烂喉丹痧、天花、霍乱、血吸虫病，有如蝗虫般疯狂撕噬着一条条生命，仅麻风病在中国就留存了2000多年。有人考证，中国古代发生过多次重大疫情，秦汉出现13次，魏晋17次，隋唐17次，两宋32次，元代20次，明代64次，清代74次。另一说，公元前243年至公元1911年，这2154年间发生重大疫情352次，其中秦汉34次，三国8次，两晋24次，南北朝16次，隋唐22次，宋金70次，元代24次，明代39次，清代115次，平均每6.1年发生一次，而到了清代发生频率加快，平均每2.4年就发生一次。1644年明朝末年始发于中国北方的一次鼠疫，使全国三分之一人口丧生。这些数据很难说是否精确，但能大致勾勒出我们这个多灾多难的民族成长中的心电图。

面对瘟疫高密度的袭击，我们的先祖不断在溯源探究，寻觅救世良方，发现其特征是"五疫之至，皆相染易，无问大小，病状相似"；论证其后果是"人感乖戾之气而生病，则病气转相染易，乃至灭门"；提出的防治办法是"养内避外""正气存内，邪不可干""五宜六不宜"，等等，古代中国的智慧之光映古烁今。扁鹊、华佗、张仲景、葛洪、孙思邈、宋慈、李时珍等一大批名医先驱，医者仁心悬壶济世；《黄帝内经》《神农本草经》《伤寒杂病论》《金匮要略》《肘后备急方》《本草纲目》《温疫论》等一大批医书经典拯救苍生流传至今。据传孙思邈还把自己同麻风病人关在山洞里8年，得出的结论是只有提高人自身的免疫力，以正祛邪，方可不被感染，还写下医学百科全书《千金方》。前人积累的秘籍宝典，仍然是今天的灵丹妙药。

除了瘟疫，地震、水灾等也一直伴随着我们。《山海经·海内篇》记载："洪水滔天""水逆行，泛滥于中国""望古之际，四极废，九州裂，天不兼覆，地不周载，火炎炎而不灭，水浃浃而不息"。灾难千千万，困厄万万千，古老的中国一次次在磕磕绊绊中艰难前行向死而生。

我亲历过非典疫情和"5·12"汶川特大地震，疫灾与震灾同样给人以心灵的创伤。地震发生于一旦，使你的心一下子沉到海底、沉到黑夜，在灾区现场的日日夜夜，我目睹过抢救生命的艰难，87000多个鲜活生命的消逝，让我深切地感受到人类的痛楚与悲哀。每抢救出一个生命的信息都让这个世界感到欣慰和希望，而疫灾病亡数据每增加一个，就越感到死神在逼近一步。拐点不到，压迫感就难以释放。

灾难当头，唯有抗争。盘古开天辟地、女娲补天、精卫填海、夸父追日、大禹治水、后羿射日、愚公移山、神农尝百草救百姓，都是中国古代神话中与灾难斗争的形象。与西方创世说不同，中华先祖没有逃离天责躲进挪亚方舟的先例。

中华民族屡经灾难愈挫愈勇，从血泊中站起，在困苦中前进，在磨难中成长。面对惨烈，不惮凶险，磨炼出强健的心理、坚忍的毅力、顽强的意志，这叫中国精神。

人类，总是在艰难中前行。

几百万年的成长历程既波澜壮阔又惊心动魄，无数的危险、威胁和灾难，如荆棘密布，譬如鼠疫、霍乱、天花、流感、疟疾、伤寒、狂犬病、艾滋病、炭疽、肺结核、麻风病、黄热病、登革热、非典，譬如地震、飓风、火灾、冰灾、雪灾、虫灾、海啸、洪水、泥石流，譬如战争，等等。无论是自然因素还是人为因素，自恃站在生物链最顶端的人类，其实是灾难中的最弱者、受害者，永远处在最危险的终端。

战争导致灾难，生命贱若草芥。战国时期的

秦将白起是一员猛将，领兵30多年战无不胜，攻城70多座杀人如麻，为秦国统一六国立下赫赫战功，声震天下。他是中国历史上最杰出的军事家，也是生命灾难的制造者。公元前293年伊阙之战白起率秦军斩首韩魏联军24万人；公元前279年至公元前278年鄢郢之战淹杀楚国鄢城军民数十万人；公元前273年华阳之战斩首魏赵联军15万人；公元前264年陉城之战斩首韩军5万人；公元前262年至公元前260年长平之战，斩杀坑杀赵国军队45万人。如此数来，死于白起手下的生命超过百万之众，占整个战国时期死亡人口的一半。白起后因失宠于秦昭襄王被赐死，拔剑自刎前他幡然自责道："我本就该死，长平一战，我坑杀赵军降卒几十万，足够死罪了啊！"人之将亡，其悟也彻。

第一次世界大战从1914年7月打到1918年11月，从欧洲打到亚洲，1000多万人丧生，2000万人受伤。第二次世界大战是迄今人类历史上规模最大的战争，从1939年9月打到1945年9月，60多个国家和地区、20亿以上人口被卷入战争，伤亡9000余万人。无论是冷兵器、热兵器还是核武器时代，战争是生命的绞肉机，是人类的灾难。备战是为了不战，人性的阴暗需要理性的光辉照亮。

瘟疫像毒蛇追逐人类，几十万种病毒一直在

影响甚至戕害人类，是威胁人类时间最长、波及面最广的杀手。始于公元前431年、持续时间长达27年之久的伯罗奔尼撒战争，是一场发生在雅典人和伯罗奔尼撒人之间的漫长战斗，最后以斯巴达率领伯罗奔尼撒人取得胜利而终。这场战争是古希腊城邦历史的转折点，它结束了雅典的霸权，使古希腊奴隶制城邦制度退出了历史舞台，古希腊也因此由盛转衰。战争第二年，一场鼠疫由海港城市比雷埃夫斯传入雅典，首先死亡的是医生，前仆后继的是战士，雅典一半人死亡，城里满地的尸体像苍蝇密布，最后连雅典首领伯里克利也死了。一位从死尸堆里爬出来的雅典人，在回忆录中写道："身强体健的人们突然被剧烈的高烧所袭击，眼睛发红仿佛喷射出火焰，喉咙或舌头开始充血并散发出不自然的恶臭，伴随呕吐和腹泻而来的是可怕的干渴，病者的身体疼痛发炎并转成溃疡，无法入睡或忍受床榻的触碰，有些病人赤裸着身体在街上游荡，寻找水喝直到倒地而死。甚至狗也死于此病，吃了人尸的乌鸦和大雕也死了，存活下来的人不是没了指头、脚趾、眼睛，就是丧失了记忆。"这个雅典人就是"十将军"之一的修昔底德，后来成为著名的历史学家。"雅典大瘟疫"成为瘟疫最早的记录。

瘟疫改写历史，改变着人类的轨迹。公元

164年，强大的罗马帝国发起对安息帝国的战争，凶猛的罗马大军攻下坚固的安息重镇，但安息的瘟疫却缠上了罗马军队。得胜回朝的罗马士兵带回了瘟疫，导致500万人丧命，连出席欢宴的罗马皇帝马可·奥勒略·安东尼也不幸染病离世，因此这次瘟疫也被称作"安东尼瘟疫"，是人类历史上的第二次大规模瘟疫。

公元533年，企望再现罗马帝国昔日辉煌的拜占庭帝国皇帝查士丁尼挥师向西，征服地中海，横扫北非，攻克意大利。大功告成之际，一场突如其来的瘟疫使他的梦想幻灭。公元541年，瘟疫从帝国统治下的埃及暴发，很快传播到都城君士坦丁堡，大批的人突然倒毙街头或地头，一天有数千甚至上万人死去，尸横遍野，都城近一半的居民、帝国近四分之一的人口死亡。最终，这场"查士丁尼瘟疫"使帝国不但没有辉煌，反而走向了崩溃，留下人类历史上第三次大规模瘟疫的记录。

800年之后，瘟疫刷新了它重创人类的纪录。1347年9月，源起中亚的黑死病随十字军登陆意大利南部西西里岛，经水路到达北部的热那亚和法国马赛，1348年1月攻入威尼斯和比萨，随后占领意大利重镇佛罗伦萨。从这里，黑死病通过水陆两路四面出击，直抵维也纳，抢滩诺曼底，横扫巴黎，攻克伦敦，越过莱茵河，辐射巴塞尔、法兰克福、科隆、汉堡、不来梅，以吞噬7500万人的战绩疯狂肆虐，之后狂飙烧向东欧，俄罗斯大草原不幸接着了这个死神接力棒，立即被死亡阴云笼罩，交战中的鞑靼人竟将病死者的尸体抛入城中，导致瘟疫流行，逃往地中海的人们又导致黑死病更大范围地传播。欧洲中世纪的这次大瘟疫，成为人类历史上第四次大规模灾难，也是最惨烈的一次。

此后300年，巨大的瘟疫阴影，一直笼罩在欧亚和美洲上空。

公元1492年10月，意大利航海家哥伦布发现了新大陆，也给这片大陆带来了灾难。腮腺炎、麻疹、天花、霍乱、淋病和黄热病等，对毫无免疫力的印第安人进行了不费一刀一枪的摧毁，数百万原住民死去，史学家称之为"人类史上最大的种族屠杀"。公元1521年，西班牙派两路殖民军进攻南美洲，一路600人马进攻墨西哥土著帝国阿兹特克，久攻不下后的某天，阿兹特克人忽然停止了抵抗，西班牙人冲进城堡一看，发现似乎有一种神奇的力量帮他们横扫了对手，满城腐尸，恶臭难闻，一场莫名其妙的瘟疫以大大超过火枪弹的速度袭击了这个一度辉煌的南美帝国；而另一路180人马进攻印加帝国，在他们到达智利之前，一场瘟疫已经帮他们瓦解了这个当时南美文明程度最高的帝国，皇帝瓦伊纳·卡帕克和他的继承人尼南·库尤奇先后殒命，内讧爆发，社会动荡，因此西班牙人以极少的兵力拿下了拥有8万兵力的帝国。大航海带来的大瘟疫，使世界上第一个日不落帝国西班牙创造了两大战例奇迹。

有人推测，一度辉煌的玛雅文明突然消失，也与西班牙军队有关，因为几乎在攻打上述两大帝国的同时，他们也踏进了玛雅这片南美丛林。为解开玛雅文明消失之谜，学者列出了人口爆炸、粮食匮乏、能源紧缺、震灾风灾、外敌入侵、疾病传播、逃往外星等多种可能，是不是西班牙人同样也把瘟疫带进了玛雅王国？很多人支持这一观点。同样，位于东南亚的柬埔寨吴哥文明，在兴盛600年之后，于15世纪初突然消沉了，是不是与瘟疫有关？有学者这样猜测。

瘟疫从来就没有停下过肆虐的脚步，时常在人们没想到的地方制造想不到的灾难。公元1665年4月的某天，两个法国海员晕倒在伦敦西区的街口，他们身上携带的病毒引爆了伦敦。人们把染病者封在门里，用红漆涂上十字，无数人在孤独凄惨中死亡。店铺关门，市声若噤，街上空无一人，路旁杂草丛生，城里唯一行驶的是运尸车。伦敦大瘟疫导致7.5万到10万人丧生，直到一场神秘的大火才结束了它血腥的征程。延续三世纪、以伦敦大瘟疫为结束，可以算是第五次大瘟疫灾难。

人类历史上记录的第六次大规模瘟疫灾难，起始于19世纪末，持续半个世纪，波及中国的南方和南亚、北美洲、欧洲、非洲60多个国家，死亡上千万人。这次大瘟疫离现在最近，所以记忆更深，影响更大。除此之外，1918年源自美国军营、发作于西班牙的大流感，其症状虽然不像瘟疫那么恐怖，但传播速度之快、传播面之广不亚于瘟疫，全球10亿人感染，4000万人死亡，光西班牙就有800万人丧生，所以这次流感被称为"西班牙大流感"，也是导致第一次世界大战提前结束的原因之一。

美国学者卡尔·齐默在《病毒星球》一书中说："我们生活的历史，其实就是一部病毒史。"病毒改变生活，也改写历史。

意大利文艺复兴先驱薄伽丘在他的名著《十日谈》中，记录了瘟疫袭击佛罗伦萨的惨景，有的人在大街上突然倒地死去，有的人在冷冷清清的家中死去无人知晓，到处是荒芜的田园、洞开的酒窖、无主的奶牛，送葬的钟声几乎没有停止过哀鸣。瘟疫还穿越法国，搭乘帆船渡过英吉利海峡，使得英国的村落、庄园、城镇到处是尸体、垃圾、污水。情急之下的人们想出各种荒诞的治疗办法、各种滑稽的祈祷方式，人性善恶毕露，世相百态尽显。

文化为历史留下记忆，现实为文学提供素材。英国作家丹尼尔·笛福的《瘟疫年纪事》、英国诗人琼斯·威尔逊的诗剧《鼠疫城》、俄国作家普希金的戏剧《瘟疫流行时的宴会》、英国作家毛姆的小说《面纱》、德国作家托马斯·曼的小说《死于威尼斯》、法国作家让·吉奥诺的小说《屋顶上的轻骑兵》、委内瑞拉小说家米盖尔·奥特罗·西尔瓦的《死屋》、秘鲁作家西罗·阿莱格里亚的小说《饥饿的狗》、法国作家阿尔贝·加缪的《鼠疫》、葡萄牙作家若泽·萨拉马戈的小说《失明症漫记》、哥伦比亚作家加西亚·马尔克斯的小说《霍乱时期的爱情》，电影《卡桑德拉大桥》《极度恐慌》《惊变28天》《死亡录像》《感染列岛》《流感》《传染病》《大明劫》，等等，都是瘟疫大灾的切片，是疫情与人性痛苦绞杀的精彩呈现。

文学，为人类的抗灾史留下斑斓的碎片。

人类无可选择地承受着大自然的各种打击，也通过各种神谕预言，试图解释或者预测灾害的发生，试图找寻某种规律或者祈求某种灵验。这是人类的努力，不管有用还是无用。

譬如，关于"大洪水"。整个北半球民族的上古传说中，都有关于"大洪水"的传说。历史学家和考古学家一直试图假设和推想：大约在1万年前，一场持续了100多天的滔天洪水，席卷了北半球，所有低于1000米的山峰都被淹没，只有生活在高原和山区的人才幸存下来。《圣经》甚至这样描述："二月十七日那一天，大渊的泉源都裂开了，天上的窗户也敞开了。四十昼夜降大雨在地上。"无论能否考证，据此可以推测，一场空前绝后的大洪水，是人类的朦胧记忆。

譬如，关于"世界末日"。玛雅文明曾预言，公元2012年12月21日，将是第五个"太阳纪"结束的时候，是"世界末日"。那一天全世界有许多人在等待预言结果，一些人甚至有引颈自刎的悲壮。当时我在上海一家宾馆，凝视着窗外的黄浦江想象着这一刻到来。马后炮也是炮，有学者事后解释，所谓"末日"是玛雅历法中重新计时的"零天"，表示一个轮回结束，一个新的时代开始。在玛雅历法中，1872000天算是一个轮回，即5125.37年，据此，到2012年冬至，当前时代的时间结束，一切归零。

神谕也好，先知也罢，与自然相伴、与灾难为伍，亦敌亦友，人类似乎无可选择、无法逃避，"三灾九难十劫"是人类的坎，只能昂首面对，悲壮相迎。

灾害的形态千奇百怪，人类一直在无奈地承受各种重创。1912年4月10日英国"泰坦尼克"号冰海沉船，1513人命丧大西洋；1940年

6月17日英国"兰开斯特里亚"号邮轮在法国卢瓦尔河口海域被德军击沉，3500人葬身海底；1945年1月30日德国"古斯特洛夫"号邮轮被潜艇攻击，在波兰格但斯克港附近海域沉没，9343人遇难；1987年12月20日菲律宾附近海域"多纳·帕斯"号渡轮与一艘油轮相撞后沉没，4300多人殒命；2002年9月26日一艘塞内加尔客轮在冈比亚附近海域沉没，1863人淹死；2003年12月26日的一场地震，使伊朗巴姆古城连同5万条生命消失；2005年8月23日美国卡特里娜飓风，导致1800多人死亡；2006年7月印度尼西亚海啸，伤亡2500多人；2011年3月11日日本发生海啸，近1.8万条生命被吞没，造成福岛核电站泄漏，方圆30公里成为无人区。飞机问世100多年，火车发明200多年，还有数不清的事故夺走了数不清的生命。在中国，1920年12月16日发生宁夏海原大地震，28万人死亡、30万人重伤；1976年7月28日发生唐山大地震，造成24万人遇难、16万人重伤。

今天，灾难还在以新的面目出现。细菌武器、生化武器、基因武器、核武器、金融战争、互联网战争、人工智能技术、环境污染、太空威胁等渐露狰狞，可以预想和难以预测的后果将一遍遍刷新人类的已知，一次次挑战人类生存的底线，也一次次激起人类抗灾的斗志。

全世界的科学家都在关注地球自身的安全，无数个天文望远镜在密切追踪地外星体，天体重叠会不会毁灭地球，800多颗具有潜在威胁的行星会在什么时候什么位置撞击地球，太阳风暴袭击地球会造成怎样的伤害，等等。"中国天眼"的问世给人类擦亮了观察宇宙的眼睛，500米口径球面射电望远镜投入使用不久已发现多颗脉冲星，代表了世界最高水平，这是中国对人类的贡献。

即使进入科学技术高度发达的21世纪，人类仍然摆脱不了如影随形的疫灾。2003年年初发生非典，波及32个国家和地区，全球累计病例8422例，病亡919人。2009年暴发的H1N1流感持续16个月，波及214个国家和地区，163万人受到感染，28万人病死。2014年脊髓灰质炎疫情、西非埃博拉疫情，2015年寨卡病毒疫情、韩国中东呼吸综合征，2018年刚果埃博拉疫情，给这个世界留下累累创痕。美国流感自2019年9月29日以来，已使美国全国至少有2200万人感染，死亡人数超过12000人，至今还没有探底。灾难的渊薮，是人类的黑洞。

回到关于此次疫情的思考，我们必须注意到，还有一个更加严峻迫切的现实正一步步向我们逼近，那就是地球变暖给人类带来的病毒灾难。西伯利亚永久冻土层开始变暖，南极大陆冰层开始融化，封冻几十万年的古老病原菌逐步苏醒，这将是人类的天敌。前几年，科研人员已经从深冰层采集到大量病原菌，其中有28种不为人知，这些病毒在无氧条件下可以存活100万年。2016年夏天，俄罗斯西伯利亚马尔半岛出现35℃的罕见高温，使一些深藏冻土70多年的动物尸体暴露出来，暴发了聚集性炭疽病。在瘟疫发生率较高的北半球，历史上六次大瘟疫中罹难的数以亿计的遗体大多浅层掩埋，地球变暖将使一些冰封的病毒有复活的可能。另一方面，随着温带地区气温上升，携带病原菌的生物迁徙到温带，热带病就会迅速蔓延，如在热带雨林的阴黑环境中生息，而且飞行距离长，有远途轰炸机功效的蝙蝠能把病毒带到世界每一个角落，热带和亚热带地区生息繁殖的蚊子把登革热、寨卡、疟疾等传播到温带，人类必须杞人忧天，必须共同应对，必须携手共建人类命运共同体。灾难之下，无人独善其身，雪崩一旦发生，谁都无法逃生。

冬天固然阴晦，春天依然明媚。2020年年初的新冠肺炎疫情，是对中国的考验，对科学的挑战。病毒肉眼看不见，源头难以查证，特征奇异诡秘，路径错综复杂，来势汹汹，其生物特性、致病机理、传播机制、易感人群有待科学探究。这不是一个城市的尴尬，是整个世界都没有做好准备；这不是医学的无能，是全部科学面对未知世界的共同难题。

在血泊中诞生，在磨难中成长，在抗争中壮大，灾难成为人类进步的砥砺石、垫脚石、试金石。大灾就是大考，是对底线思维的冲撞、对极限思维的挑战，是对动员能力的极限式测试和对防御系统的破坏性试验。灾前的任何模拟演练，阵前的所有应急预案，都显得苍白无力和漏洞百出，必须接受实战的考验和修补。不单要记住肝肠寸断的悲痛，还要有背水一战的勇气，更要有决战决胜的信心。

人类历史上因灾害导致政息国亡的前鉴不少，奋力渡过难关，是对政治动员能力、经济应对能力、社会治理能力、科研攻关能力、国际合作能力、全民抗灾能力的大检阅。阻击战枪声一响，全国模式启动，应急系统响应，防控手段日见其效，防治效果日益明显；一手抓防控防治，一手抓复工复产，高超的政治智慧和超强的执政本领正在书写人民满意的答卷。

突如其来的病毒，如冰峰雪崩，每一片雪花落在哪里都是一个寒冬。一枚病毒就能打倒一个人，毁灭一个家庭，葬送一个美好的梦想。疫情是测试剂、试金石、温度计、体检表，测试人心、人性、人格，检测国家的力量、社会的温度、人心的距离，也观测一个国家对另一个国家是真是假、是热是冷、是实是虚。国家的距离不在地理而在心理，人心的温度不光看平时更看患难时刻。中国对世界负责，共同命运需要共同打造。中国文化向来是投桃报李滴恩涌报，对幸灾乐祸投井下石者心中有数。转危为安、化险为夷，唯有自力更生，发愤图强。

大疫需要大医，大灾呼唤大爱。在这个难熬的季节里，诗文是抚慰心灵的药剂。一些人用文字记录下这个难过的城市难过的日日夜夜，那些难过的人难过的事难过的心，就像病人向医生描述自己的症状，甚至述说自己的隐私，说出来比憋着好；不少人无论身处疫区内外，无论是否有亲友受困，都在用文字用声音用图片用视频，表达自己的忧心同情焦虑赞美敬佩祝福；许多人在读诵这些诗文或泪流满面或热血沸腾，用或悲怆或凄美或激愤或豪迈的表达，安抚那一个个汩汩淌血的创口，激励那一颗颗疲倦消沉失望的心灵，每一个字每一个音都是那么情深深、意浓浓、热乎乎。诗文也是一把尺子，能测试灵魂的高度和心底的温度。我把草拟的小诗第一时间发给了身处湖北的几位朋友，一位朋友读后说，建议把"在惊恐中煎熬，在焦虑中翻炒""此刻你的心就像是一个泪包，一碰就是汪洋一片"删掉，武汉的情况没有那么严重，市民的心情也没有那么糟糕；而另一位朋友则建议把那句"摆一桌酒，煨一锅汤，炉上的日子慢慢熬"删掉，说此刻全武汉城没有人能有这样轻松的心情。我后来知道，他的亲弟弟终于挤进了医院，但已经被下了病危通知单。同一首诗，测出了温差，冷暖自知。

这是一个悲情满满的日子，也是一个温情浩荡的季节，更是一个激情涌动的时刻，人类史册将记载这武汉一页、中国篇章。大地已经回暖，枝头正在泛青，只要不被自己打倒，英雄的武汉一定会从血泊中站起，江汉关钟楼顶上的国旗，依然昂首挺立，迎风飘扬，猎猎有声。

2020年4月1日于北京

目录

致敬武汉人民

2020年1月23日，

武汉宣布封城，开始进入悲壮时刻——

在那个清晨醒来，

我看到你惊恐的目光，

你不知道病在哪里，毒是什么，祸从何出，

你正准备欢天喜地过年，

准备装扮自己的城市自己的家，

迎接各地稀客八方来宾。

对那个念得还不太清爽的病毒名字，

你还只会用"嚇倒了"①来形容，

不爱夸张的武汉人，

以为是"冇得么事"②的感冒。

照样维持这九省通衢的畅达，

---

① 武汉方言中"嚇"（音hé）同"吓"，"嚇倒了"意即吓坏了。

② 冇音máo，没有的意思。"冇得么事"意即没有什么事。

照样扮靓这白云黄鹤的容颜，

照样等公交等地铁等渡轮

靠勤劳的双手去挣一份属于自己的薪酬，

照样挤商场挤码头挤步行街挤菜市场，

想让自己过一个好年享受生活的阳光。

当一家家医院发现了异常，

当一个个朋友同事街坊邻居亲人，

被隔离被抬进医院，甚至有人死去，

武昌意识到了什么叫"莫嚇我"，

汉阳知道了什么叫"你嚇我"，

青山感受到了什么叫"蛮嚇人"，

而汉口则尝到了什么叫"嚇得怕"。

请原谅武汉，

他们当初真的是木了蒙了、"嚇苕了"①，

没有不怕死的，只有不晓得会死的。

未知永远多于已知，险情总是逐步感知，

在猝不及防的病毒面前，

武汉人首先是受害者，是需要同情的弱者，

他们是我们的父老长辈，是我们的兄弟姐妹，

那里的长江汉水流进了我们的血脉，

滋养过我们的心灵，

此刻的武汉，需要的是怀抱，

---

① 苕音 sháo，武汉方言中傻的意思，"嚇苕了"即"吓傻
了"。

可以有家人式的责怨，但不要有唾沫甚至
拳脚。

他们不想传染谁祸害谁，

当初的他们只是本能的逃离者，

当知道自己有可能成为传染源、传播者，

他们选择了停下脚步，

选择了把自己封闭在一座城里，

就像垂危的绝症患者

把自己锁在没有光亮没有空气的黑屋。

没有理由，不留后路。

此刻的武汉人，

不知道这个年怎么过，不知道还能撑多久，

他们也思念远方的儿女，想念远方的家，

向往自由的天空多彩的世界，

他们此刻只能有一个想法：不打扰别人。

当浏览一个个关切的关爱的关心的短信的
时候，

他们心存感激感念感恩，

当看到一条条

搞笑的调侃的揶揄的嘲讽的恶搞的责怪的谩
骂的视频的时候，

他们只能带泪地笑，把眼泪往肚子里咽。

武汉人不怕面对困难与凶险，

怕的是没有理解与同情。

武汉人不怕做出割舍与牺牲，
怕的是没有光亮与温度。
为了全国的安宁与祥和，
武汉选择了悲壮！
相信，
悲壮不会悲惨，更不是悲剧，
人民，将记住你们的伟大，
人类，将载你们的崇高！

当中南海的关切传导到武汉三镇，
当全国各地的力量汇聚到长江两岸，
相信武汉，相信中国，
一个描伤口如花朵的国度，
一个抬泪眼望远方的民族，
不会被打败。
有一座城市，叫众志成城，
有一批战士，叫白衣战士，
有一种精神，叫科学精神，
有一颗信心，叫万众一心。
让我们在这寒冷的冬季，伸出温暖的援手——
挺住，武汉！加油，中国人民！
奋起，我不倒的中国！

2020年1月23日下午于北京

武汉，生命在呼唤

我不想死。我是劳累的妈妈，

家有儿女初长成，

有总也写不完的作业、学不完的芭蕾，我不想死。

我不想死，我是儿子的爸爸、爸爸的儿子，

上有老，下有小，

在家顶梁柱，出门英雄汉，我不想死。

我不想死，我是班主任，

班里的孩子在等我，

等我在春暖的季节，带他们去听花开的声音。

我不想死，我是忙碌的电脑程序员，

编程、代码、架构、软件一大包，我还年轻，

人生刚刚设计，事业还没开发。

我不想死。

我是你是他也是，

聪敏机灵勤奋敢拼的九头鸟，

见多识广世事洞明的湖北佬，

司门口的拐子①洞庭街的女将②，

红钢城的丫头钟家村③的苕货④，

是长江汉水泡大的武汉伢，

是不信邪不服周⑤的武汉伢，

大江胯下走，黄鹤掌上飞，

走啊走三镇，唱啊唱两江，

琴台⑥汉街⑦晴川阁⑧，千遍万遍逛不够，

---

① 拐子，武汉俗语中"老大"之意。

② 女将，武汉人对泼辣能干女性的泛称。

③ 司门口、洞庭街、红钢城、钟家村，分别是位于武昌区、江岸区、青山区、汉阳区的地名。

④ 苕货，傻瓜之意。

⑤ 不服周是不服气之意。传周王朝对崛起于蛮夷之地的楚国有歧视之意，楚国强大后有咄咄逼人之势，楚庄王甚至问鼎中原，大有不服周王朝统治之意。后世沿用了这种语意。

⑥ 琴台，亦称古琴台，位于武汉市汉阳区龟山脚下，中国十大古曲之一《高山流水》的发源地。据《吕氏春秋》《列子》等记载，春秋时期楚国大臣伯牙于该处鼓琴咏志，抚琴时弦断，伯牙便知道有人在听，而且听懂了琴音，连忙请出，乃山中樵夫钟子期。二人交好，伯牙抚琴一首，子期曰："美哉！巍巍乎志在高山。"伯牙又弹一首，子期道："美哉！荡荡乎意在流水。"伯牙大喜与子期结为知音，相约来年再会。不料第二年，本应与子期见面的伯牙得知他病故，深感悲痛，在子期墓前鼓琴《高山流水》。一曲终了，伯牙深感世上再无知音，遂断琴发誓，今后永不鼓琴，史称"伯牙绝弦"。

⑦ 汉街，位于武汉市中央文化区的商业步行街，武昌区东湖和沙湖之间，沿楚河南岸而建，以民国风格、欧式风格和现代时尚风格建筑为主体，堪称现实版"清明上河图"。

⑧ 晴川阁，又名晴川楼，位于武汉市汉阳区晴川街，坐落在长江北岸、龟山东麓的禹功矶上，北临汉水，东濒长江，汉阳晴川阁与武昌黄鹤楼隔江相望。阁名取自崔颢《黄鹤楼》"晴川历历汉阳树"。

面窝①豆皮②热干面③，千顿万顿吃不厌。

鹦鹉洲的芳草江滩的鸥，

珞珈山④的樱花东湖的柳，

我没看够啊没活够，

病躯已憔悴，喉咙已喑哑，

泪水已流干，我流浪的灵魂正飘然，

我不想死啊不想死。

你不能死，你是我的兄弟姐妹我的亲人，

---

① 面窝，武汉的一种油炸小吃，由大米粉、黄豆粉、精盐、葱花、姜末、芝麻混合调制而成。炸好后四周厚、中间薄，中心留一小洞。色泽金黄，中间薄脆酥，边圈厚柔软，味美诱人，是武汉人"过早"的食物之一。除了炸米面窝，还有炸豌豆窝、苕（红薯）面窝等。

② 豆皮，武汉特色传统小吃之一，食材有豆腐干子丁、瘦肉丁、肥肉丁、香菇丁、糯米、白面、鸡蛋，将黄豆、大米混合磨成浆，在热锅里摊成薄皮，均匀铺上食材，用油煎制而成。外皮金黄发亮，入口酥松嫩香。有三鲜豆皮、海鲜豆皮等品种。最著名的是"老通城"豆皮，毛泽东曾多次前往品尝并赞不绝口。

③ 热干面，武汉最具特色早餐小吃之一，将碱面条在开水中烫熟，与芝麻酱、色拉油、香油、细香葱、辣萝卜丁、花生碎、蒜蓉、卤水汁、生抽、醋、胡椒粉等搅拌。色泽黄而油润，味道香浓微辣。

④ 珞珈山，位于武汉市武昌区中部，东湖南岸最高峰，武汉大学所在地。原名罗家山，传春秋时期楚庄王平叛后在此行赏，三国时期吴王孙权于此巡视，故亦名落驾山、落袈山。李四光为武汉大学选址于此。"珞珈山"一名，是武汉大学首任文学院院长闻一多先生所取。珞，是石头坚硬的意思；珈，是古代妇女戴的头饰。山上仍保存有周恩来故居，郭沫若、郁达夫、蒋介石别墅。武汉大学校园似天然植物园，珞珈山下有梅园、桂园、樱园、枫园四大园，每年3月武大樱花成为一景。

你早出晚归勤扒苦做，
是这个城市的建设者、美容师、快递哥，
高楼大厦是你建，公交地铁是你开，
地沟水道靠你淘，外卖点单靠你送。
失去你的这个世界没有血色，
失去你的这个城市没有心跳，
你还没能，没能享受生活的欢笑。
你不能死，我的同志我的伙伴我的朋友，
你兢兢业业勤勤恳恳，
是这个城市的设计师、管理员、服务生，
是这个社会的召集人、交通警、裁判员，
你的职责是拯救是扶助而不是先死，
你的任务是负重前行是赴汤蹈火而不是
逃亡，
村里的孤寡残幼在等待你温暖的叩响，
街道的沉沉夜空在翘盼你灿烂的点亮。
你是寒夜里的炉火黑暗里的灯，
失去你的这个夜晚不再明亮，
没有你的这个城市少了温度，
你要等待，等待那万家灯火给你的点赞。
你不能死啊不能死。

你不该死，
死神无情，生命无价，
扛得住的是病魔，扛不住的是折磨，

比愚钝更可怕的是迟钝，

比冷风更寒心的是冷漠，

大灾就是大考，

是人性的测试剂，是良心的温度计，

是党性的试金石，是作风的体检表。

假如，假如痛苦的背后仍然痛苦，

假如，假如心酸的里面还是心酸，

假如，假如无望的前头依旧无望，

你的放弃又有什么意义？

在生命面前，一切理由都不是理由，

在死亡面前，一切解释都苍白无力。

莫要绝望，不要放弃，

麻木总会清醒，冷漠终将回暖。

咬牙坚持，再咬牙，再坚持，

越过生命的零度，就是春暖花开啊，

你不要死！

你不会死，你不会死。

长江报警，武汉告急。

北京，北京！这里是湖北！这里是武汉！

长江，长江！这里是中南海！这里是全中国！

北京的声音温暖凝重，字字滚烫，句句千钧，

中南海的灯光彻夜不眠，聚焦武汉，照耀
全国，

　　传达的是意志，传导的是温度，传递的是

信心。

冲锋号响起，信号弹升空，人民战争起狂澜、战犹酣！

全党总动员，全军总动员，全国总动员，全民总动员！

白衣战士向武汉报到，救援物资向疫区奔驰。

生命高于一切，责任重于泰山，我要报名！

与病毒作战，与死神抗争，我要参战！

我是党员我先上！我是干部我先上！我是军人我先上！

我从汶川走来，我要回报社会，让我去！

我是"90后"，轮到我们担当了，我要去！

妈妈要去打怪兽，去救小朋友……

病人需要你，爸爸支持你，注意安全。

救治好患者，保护好自己，我的女儿！

听妈妈的话，值好国家的班，我的乖儿①！

---

① 湖北赤壁特巡警大队驻赤壁大酒店集中医学观察点的22岁特警肖刚，坚守管控岗位，而此时他的母亲因患癌症在医院住院，无法陪护母亲的肖刚趁吃盒饭的时间同躺在病床的母亲通视频，儿子泣不成声，而坚强的母亲叮嘱儿子："你好好听话，好好值班，注意安全。莫哭莫哭，儿！妈妈不要紧。国家遇到大事，要把国家的班值好，国家在这个时候，靠你们了，妈妈给你加油……快吃饭，吃饱哇，儿！妈妈要打针了，好乖乖儿！"

"平安回来啊王月华，我爱你!"①

"我要你平安回来，赵英明，我保证做一年
家务——"②

等你平安归来，我就娶你!

…………

铮铮誓言，是用汗水和泪水浇铸的英雄群雕
红旗谱，

凡人金句③，是这个季节最动心最走心最暖
心的报春花。

穿上了军装就选择了战场，

当上了医者就要有一颗仁心，

变成了天使就不害怕魔鬼!

全中国的爱心向武汉出发，

---

① 2020年1月26日，河南支援湖北医疗队出征武汉，医疗队女队员王月华是位于开封的河南大学淮河医院肿瘤科护士，她的丈夫、河南大学第一附属医院泌尿科医生徐国良赶来送行。车开动时，徐国良哭喊道："王月华，我爱你! 我爱你呀!"这段视频上传后，令无数人感动落泪。

② 2020年1月28日早，四川省第二批、广元市首批支援武汉医疗队出发。在送行现场，广元市第一人民医院护士赵英明的丈夫哭着喊道："赵英明，你要平安回来! 我保证一年的家务我做哈! 听到没有?"1月30日16时，在武汉市红十字会医院住院部重症病房工作的赵英明，面对镜头回复丈夫："老公，你辛苦了，家里就交给你了，我一定平安归来，还要监督你做一年的家务!"

③ 2020年1月31日起，"学习强国"学习平台在推荐频道独家首创"非常时刻，那些最走心的凡人金句"专题系列，推出许许多多普通人的感人话语，被广为转发，成为一道风景，得到广大读者的点赞。安徽人民出版社将"凡人金句"结集出版。

全世界的口罩向中国集结。

火神山①烈焰如飙，

雷神山风驰电掣。

精神的力量制度的力量科学的力量，

筑起我的中国最坚强的铁血长城，

伟岸的娇美的坚毅的疲惫的防护服，

构成这个时代最美丽的中国风景。

坚持，再坚持！

挺住，再挺住！

悲怆里的中国发出生命的呼唤，

口罩里的中国发出抗争的呐喊，

泪水里的中国扬起生命的风帆！

相信春天，相信中国，

再创奇迹，再写史诗。

走过去，生命像花儿一样开放，

走下去，天上太阳正晴！

2020年2月3日于北京

---

① 为及时收治新冠肺炎重症患者，借鉴2003年抗击非典时小汤山医院模式，有关方面决定从1月24日开始，在武汉市蔡甸区知音湖附近，建设一座设有1000张床位的火神山医院；1月25日下午，有关方面又决定在武汉市江夏区黄家湖附近，再建一座设有1600张床位的雷神山医院。参建各方派出精锐力量，在10天之内建成这两座医院，并分别于2月3日、2月8日投入使用，解了燃眉之急，充分显示社会主义制度集中力量办大事的优势。"火神山""雷神山"并非原有地名，取自古意。据《史记》记载，楚人是火神祝融的后代，火神、雷神有驱魔鬼、除瘟神之功。

给武汉的一封信

我担心，此刻的你，隔离在家，

局促难耐，度日如年，

行走在夜的深处，寻找光的源头。

我担心，此刻的你，

像倒挂在悬崖的边缘，一松手，无底的深渊

在等着你。

我担心，你此刻的心情像磨一般沉重，被天

压着，

孤独无奈，像在冰冷的湖面徘徊。

在忧虑中煎熬，在焦虑中翻炒，

在疲惫中转轴，在窒息中呼吸啊你的心！

比夜空更暗淡的是你的心空，

比病毒更可怕的是你的孤独。

你此刻的心，像一个泪包，

一碰就是汪洋一片，

你此刻的情绪，像危峰高耸，

一摸就是山崩地裂。

烟波江上

013

所以，

写这篇长短句，遥寄给你，我的武汉。

假如你觉得难受了，

学学五禽戏①，练练八段锦②，

收起葛优瘫，跳个广场舞，

在客厅做做操，在阳台扭扭腰，

给紧绷的筋骨松个绑，给生锈的关节上点油，

蹦蹦跳跳像年少。

假如你觉得沉闷了，

打个心理热线，说说想说的话，

三五分钟不嫌短，半个小时不嫌长。

假如你感觉异样了，切莫大意，

---

　① 五禽戏，中国传统养生的一个功法，据传华佗在《庄子》"二禽戏"的基础上创编了"五禽戏"，据《后汉书·方术列传·华佗》记载，这五禽之戏，"一曰虎，二曰鹿，三曰熊，四曰猿，五曰鸟。亦以除疾，兼利蹏足，以当导引。体有不快，起作一禽之戏，怡而汗出，因以著粉，身体轻便而欲食"。五禽戏发展至今，已形成不同流派。2001年，国家体育总局健身气功管理中心对五禽戏进行了挖掘、整理与研究，出版《健身气功·五禽戏》，其动作编排每戏两个，共十个动作，分别仿效虎之威猛、鹿之安舒、熊之沉稳、猿之灵巧、鸟之轻捷，以达到锻炼身体的目的。
　② 八段锦，一种传统的健身功法，有祛病健身之功效。据传起源于北宋，名称见南宋洪迈所著《夷坚志》。此功法分为八段，每段一个动作；动作华美舒展，有五颜六色之感，犹锦，故名为"八段锦"。

量量体温，看看须知，发现不对赶紧求救，

向社区求助，报告单位，告知亲友。

生命无贵贱，病情不等人，

每一声呼叫都要有被发出的频率，

每一条生命都要有被尊重的权利！

如果被确诊收治了，

要坦然面对，听医生的话，

医疗方舱①就是生命方舟。

相信，

每一个羸弱的生命都会被扶起，

每一声微弱的气息都会被听到，

每一棵孱弱的小草都会被春风轻拂，

每一缕纤弱的游丝都会被阳光照耀。

假如你觉得劳累了，

歇一歇，停一停，

闭目冥想，闭门思过，

在隔离的静夜，听自己的心跳，

看急促的心奔突的心疲惫的心，

---

① 医疗方舱，亦称方舱医院，一种可移动的医疗空间，类似野战机动医院。在野战条件下由医疗方舱、技术保障方舱、病房单元、生活保障单元及运力等部分组成，依托成套的装备保障完成伤员救治等任务。疫情期间，武汉的方舱医院是固定式的，主要由大型场馆改建而成。这次建成武汉国际会展中心、洪山体育馆、武汉国际博览中心、武汉客厅等十多家方舱医院。一般情况下，方舱医院收治的患者都是确诊的轻症患者。

在画怎样的心电图。

读书写字吧，一念一清净①，

躲进小楼成一统，满屋清辉好读书。

舟行千里风帆倦，书桌是最好的趸船②。

无嘈杂之乱耳，无奔波之劳形，

听风听雨听夜更，读诗读史读苍生。

把隶楷行草揉碎重捏，请李杜韩柳③品茗

流觞④。

① 一念一清净，同下文的一叶一菩提、一花一世界，皆为禅语。"一念一清净，心是莲花开"，意思是只要心底干净，每一个地方都是一片净土，每一个心生的念头都清净，这样的心灵好似莲花一样纯洁高贵。"菩提"为梵文Bodhi的音译，意思是觉悟、智慧，用来代指人的顿悟。《梵网经》卷上谓：卢舍那佛坐在千叶大莲花中，化出千尊释迦佛，各居千叶世界中，每一个千叶世界中的释迦佛，又化出百亿个释迦佛，坐在菩提树中。从每一片叶中都能有顿悟，从每一朵花中都能悟出一个世界。

② 趸（音dǔn）船，是一种无动力装置的矩形平底船或浮码头，固定在岸边，用锚链或缆绳系住，随水位高低可上下调节，用于行船靠泊、装卸作业接驳，或供行人上下渡船，也可做水上固定建筑物，如水上餐厅、水上宾馆。

③ 李杜韩柳，分别指代李白、杜甫、韩愈、柳宗元。

④ 流觞，即曲水流觞，是中国古代一种传统习俗，源起于西周初年，南朝梁吴均在《续齐谐记》中写道："昔周公卜城洛邑，因流水以泛酒，故逸诗云：'羽觞随波流。'"参与者坐在小沟渠两旁，水流上游放置酒杯，酒杯顺流而下，停在谁的跟前，谁就取杯饮酒，有祛灾祈福之意，后来发展成为文人墨客用来轮流赋诗作词吟唱的高雅游戏。一般在夏历的三月三进行。永和九年（353）三月初三上巳日，晋代王羲之偕亲朋四十余人集会于绍兴兰亭清溪，曲水流觞，饮酒赋诗。觞在谁的跟前停下或转圈，谁就即兴作诗，作不出诗的就饮酒。据记载，这次活动中，11人各成诗两篇，15人各成诗一篇，16人作不出诗各罚酒三觥。王羲之将作品集中起来，并作经典名篇《兰亭集序》，被后世誉为"天下第一行书"。

把楚辞汉赋打散，把唐诗宋词打包，

请老庄孔孟上座，给诸子百家敬茶；

把断垣看了，残碑寻遍，

让心灵在空明澄碧中洗个澡，

然后独自行走在无菌的旷野。

冥思神游吧，一叶一菩提，

千江有水千江月①，万里无云万里天，

做一回闲士游仙，练一身仙风道骨，

佛系②日子哪里有，道家化境③何处寻？

照一面李白的床前明月，

吸一丝杜甫的八月秋风④，

---

① 千江有水千江月，佛家偈语，大意是，月如佛性，千江指众生，江河不分大小，只要有水即有月影，人不分你我，心中都有佛性佛心。

② 佛系，网络流行词，在国家语言资源监测与研究中心发布的"2018年度十大网络用语"中，"佛系"一词列第四。最早源于2014年日本的一家杂志，该杂志介绍了一位"男性新品种"，他喜独处，专注于某方面的兴趣，不想与外界交往，被称为"佛系青年"。从此，"佛系"成为一种生存状态和文化现象，有看淡生活、看破红尘之意，不争不抢、不急不躁，不苛求不计较不在乎，内心平和淡泊，按自己的节奏，随遇而安。本诗是指居家隔离期间，可获短暂的平静安宁随心日子。

③ 化境，佛家境界之一，《华严经》疏："十方国土，是佛化境。"一种最高最美、超凡脱俗的、阅尽玄机的境界，清静、纯粹、极简的生活。

④ 八月秋风，出自唐代杜甫《茅屋为秋风所破歌》："八月秋高风怒号，卷我屋上三重茅。"

听一曲辛弃疾的连营吹角①，

做一回曹雪芹的红楼残梦。

看莫尔怎么空想，听卢梭怎么忏悔，

看雨果的世界如何悲惨，听静静的顿河怎么

醒来，

看奥斯丁的傲慢与偏见如何收场，

听莎士比亚十四行诗怎么做韵脚。

入诗入画吧，一花一世界，

芳草萋萋，蒹葭苍苍，

晴川历历，在水一方，

字字是日暮乡关，句句是柳巷村烟。

梦一回吴侬软语幽幽怨的江南雨巷，

走一趟惊涛拍岸千堆雪的赤壁故里。

读一幅淡远缥缈空蒙蒙的乌镇水墨，

弹一曲巍巍荡荡古琴台的高山流水。

泛舟学海登书山，天涯散养你的心。

假如你觉得孤单了，

想一想远方的家和远方的他，

给父母打个长长的热线，给子女发个温暖的

表情，

---

① 连营吹角，出自宋代辛弃疾《破阵子·为陈同甫赋壮词以寄》："醉里挑灯看剑，梦回吹角连营。八百里分麾下炙，五十弦翻塞外声，沙场秋点兵。马作的卢飞快，弓如霹雳弦惊。了却君王天下事，赢得生前身后名。可怜白发生。"

家庭是温馨的港湾，归来的锚地。

亲情是不竭的动力，远航的神器。

翻一长串儿号码，打一湾子①电话，通几个视频吧，

跟同事、同学、战友说说话，

向闺密、玩伴、哥们儿吐吐槽，

给牵挂一份着落，给承诺一个回眸，

让愁怨打个心结，让念想有个盼头。

初恋若是终生，珍惜吧，人生容易走岔，相守一生情；

小芳如在远方，发个短信问候吧，相逢一段缘。

一个隔空拥抱，一声隔岸轻唤，

你不是一个人的世界一个人的家，

长空雁叫不孤声。

假如你是和家人在一起，多幸福啊，

摆一桌酒，煨一锅汤，炉火上的日子慢慢熬，

关起门来一家人，吃吃喝喝乐陶陶。

阳台上烛光边，唠唠嗑聊聊天，

爷孙闹，蹦蹦跳，没大没小说说笑，

老两口、小两口，

---

① 一湾子，武汉俗语中一串儿、一溜儿等较多的意思。

说说过去的事，晒晒儿孙的糗[1]。

示儿教子，当耳提面命，

教诲谆谆，须爱意眷眷。

把祖训家规严肃地说一说，

把家业故事从容地讲一讲。

人生的黄金宝典翻一翻，

处世的金科玉律悟一悟。

张长李短少说两句，诗书礼易多读几行，

街坊邻居不要吵，开门又是一家人。

忧患是最好的教材，困厄是最好的课堂。

珍惜相聚吧，难熬的日子是久熬的汤，

越煨越浓味绵长。

假如你觉得枯燥了，

想想你的乡村你的乡恋你的乡愁。

想自家的竹林果林枞木林那泼辣辣的绿荫如盖，

想谁家的桃树李树棠棣树那飘洒洒的落英

---

① 糗，音 qiǔ，古代指干粮、炒熟的米或面等，《孟子·尽心下》描述的"舜之饭糗茹草也"，意即当年舜吃干粮嚼野草的时候。饭或面食，粘连成块状或糊状，也称为糗，《说文解字》上说："糗，熬米麦也。"后来引申到人，一个人长时间闲待在一个地方，也喻之为"糗"。在网络时代被广泛应用，但词意主要是"办砸了""搞糊了""干了蠢事"等，人们用"出糗""糗事"等词形容事情没办好、状态不怎么样、处境窘迫等。由此也形成了一些非主流的亚文化现象，被称为"糗文化"。

如雨。

港里的鱼，沟里的虾，

窑中的炭，河边的沙，

长鸣的知了鼓叫的蛙。

陆水湖①的千岛，幕阜山②的鼓，

月亮湾的龙灯谁在舞？

莲花塘的荷叶是不是还那么挤挤密密田田圆圆，

桂花涧的黄花是不是还那么夭夭灼灼艳艳灿灿？

万古塘里那只你儿时嬉戏过百次的千年老龟，

是不是把自己晒成了坚硬的甲壳，

还趴在那里坚定地等你，等你遥遥无期的归来？

你是不是故乡上空的白云苍狗③间，

---

① 陆水湖，位于湖北赤壁，因相传三国东吴孙权的大都督、大将军、丞相陆逊（183—245）在此操练水军而得名。陆水湖水域辽阔，湖中800多个岛屿星罗棋布，湖水空明澄碧，微波荡漾，是避暑消闲、旅游度假、水上运动的去处。

② 幕阜山，湘、鄂、赣三省边界最高峰。湖北赤壁位于幕阜山北麓。幕阜山古称雷公山，被楚地先民视为雷神居住的地方。相传这里是舜帝观察天时季节、制定历法、占卜未来的地方；是大禹治水时祭祀的地方，也是古代名医葛洪炼丹臼药的地方。

③ 白云苍狗，亦作白衣苍狗，出自唐代杜甫的《可叹》诗："天上浮云似白衣，斯须改变如苍狗。" 苍：灰白色。意即天上的浮云像白衣裳，顷刻又变得像苍狗。比喻世事变化不定、变幻无常。

那只盘旋已久，却总也落不了地的鹰？

少小离家去，到老尚未还，

思念已生锈，清泪成浊酒。

心上有个秋，乡愁是望穿秋水的新娘，

秋后有个心，乡愁是包裹心底的娘亲。

那一声忽对故园花、泪眼已婆娑的问候，

那一份叫不出小名却依然稔熟的亲热，

梦里依稀成碎片，又面生来又面熟，

谁家的小子在疯跑，谁家的妞儿打猪草，

亲爱的羞涩谁先开的口，屋场的拐角谁先拉
的手。

回家吧回家，

老老少少生生熟熟的乡亲们在等候，

等候一场隆重的典礼——

你那一声，一声暌违太久的长哭，

故乡在等你。

假如你觉得消沉了，

打开电脑手机电视机，

看经典影视精彩晚会，

听戏曲音乐诗词歌赋。

放开歌喉喊一嗓，高调低调都是调，

倒腾久违的卡拉OK，翻出尘封的磁带唱片，

一个人的舞台两个人的专场一家人的戏院。

一条大河波浪宽，我家住在长江湾，

洪湖水呀浪打浪，一锅烩成麻辣烫。

唱完一曲又一首，小曲好听不离口。

听一段何祚欢①的湖北评书，

来一段张明智②的湖北大鼓，

再学唱韩磊喻江的《在此》③。

豪情万丈气冲霄汉像杨子荣，

视死如归大义凛然像李玉和，

让病魔见鬼去吧，教消沉不再冒头。

假如你觉得乏味了，

做一次不需要行囊的旅行吧，

在家看天下，掌上走四方，

把心灵在江河湖海里淘洗，

烟波江上

---

① 何祚欢，男，1941年3月生于汉阳。武汉市评书表演艺术家，国家一级演员，任中国曲艺家协会理事，湖北省曲协副主席等职。他创作表演的湖北评书深受武汉观众欢迎。

② 张明智，男，湖北孝感人，1943年生。武汉市说唱团演员。创作演出多场湖北大鼓作品，长期潜心研究湖北大鼓的演唱和创作，1993年获"湖北省文艺明星奖"。

③《在此》，喻江作词，马上又作曲，韩磊演唱。歌词：古琴在此/以一千年为弦/一滴泪染我当时青衫/黄鹤在此/以你指尖为天/拈花时惊动漫天云霞/长江在此/化一地波澜为墨/无边里勾勒楚地幽兰/珞珈在此/山川起伏为衣襟/人间四月绣一树樱花/古琴在此/黄鹤在此/长江在此/珞珈在此/天地在此/日暮一场烟雨/天地辽阔一毫厘/长江在此/化一地波澜为墨/有情里浮现四方晨曦/珞珈在此/山川起伏为衣襟/绣你名字在万花落尽/古琴在此/黄鹤在此/长江在此/珞珈在此/你我在此/万年同呼吸/此时风起是知音/一抹笑泛起千万双涟漪/楚字里天生人字的笔迹/天意/古琴在此/黄鹤在此/长江在此/珞珈在此/你我在此/那天那地在此/寂静一如初起。

让目光在山林原野上穿行。

周口店遗址①，高句丽王城②，河姆渡文
化③，高昌国古城④，一个民族的脚步从这里
出发；

安阳殷墟甲骨文，东汉张衡浑天仪，西安半
坡新石器，一个民族的智慧在这里集结；

故宫颐和园，长城圆明园，

避暑山庄大运河，布达拉宫兵马俑，

一个民族的历史在这里辉煌；

① 周口店遗址，即周口店"北京人"遗址，见1987年
《世界遗产名录》。位于北京市房山区境内，是70万年至20万年
前的"北京人"、20万年至10万年前的早期智人、约4.2万年至
3.85万年前的田园洞人、3万年前左右的山顶洞人生活的地方。

② 高句丽王城，见2004年《世界遗产名录》。位于辽宁桓
仁、吉林集安的高句丽政权始于公元前37年，止于公元668
年，由平原城与山城相互依附共为都城，包括国内城和丸都山
城（始名尉那岩城）。高句丽王城、王陵及贵族墓葬遗址包括3
座王城和40座墓葬。作为历史早期建造的都城和墓葬，高句丽
王城、王陵及贵族墓葬反映了各族文化的相互影响以及风格独
特的壁画艺术，体现了已经消失的高句丽古国文化。

③ 河姆渡文化，是长江流域下游以南地区的新石器时代文
化，分布于杭州湾南岸平原地区至舟山群岛，距今约7000年。
1973年，该文化遗址第一次发现于宁波余姚的河姆渡镇。黑陶
是河姆渡陶器的一大特色，遗址中发现大量干栏式房屋，属新
石器时代母系氏族公社时期的氏族村落遗址。

④ 高昌国古城，位于今新疆吐鲁番市火焰山南麓木头沟河
三角洲、吐鲁番市东40多公里的三堡乡。始建于公元前1世纪
的汉代，是西域交通枢纽、东西要冲，是世界宗教文化宝地之
一。内外建筑类似唐代长安城的形制和布局，被誉为"长安远
在西域的翻版"。公元13世纪末毁于战火。古城有九个城门，
夯土筑成，轮廓犹存。外城内西南角有一座全城最大的佛寺遗
址。1961年列为全国重点文物保护单位。

斑斓五台山，沧桑敦煌壁，

应县的木塔①赵州的桥，乔家的大院定州
的窑，

一个民族的文化在这里列队。

皓月千里岳阳楼，更上一层鹳雀楼，

水天一色滕王阁，烟花三月黄鹤楼，

让你登高望远放眼量。

看昆仑山峨眉山对阿里山遥遥眷眷的凝眸，

听日月潭对洞庭湖鄱阳湖切切拳拳的诉说。

看青稞酒酥油茶和哈达长调与旋子锅庄舞的
欢笑，

听刘三姐阿诗玛和买买提阿里郎在漓江洱海
天池边对唱。

赏美景，尝美味，边走边吃不觉累。

樊口武昌鱼，东坡豆腐鱼，

广水酸汤鱼，干煎糍粑鱼，余味绵长，

武汉热干面，襄阳牛肉面，

巴东羊肉面，云梦鱼丝面，面味黏浓。

秭归粽子周黑鸭，黄石港饼老通城，

---

① 应县木塔，亦称释迦塔，全称佛宫寺释迦塔，位于山西省朔州市应县县城西北。建于辽清宁二年（即宋至和三年，1056年），增修于金明昌六年（即南宋庆元一年，1195年）。塔高67.31米，底层直径30.27米，呈平面八角形，是中国现存最高、最古老的木结构塔式建筑，与意大利比萨斜塔、巴黎埃菲尔铁塔并称"世界三大奇塔"。塔内供奉有两颗释迦牟尼佛牙舍利。一批辽代刻经、写经和木版套色绢质佛像画等珍贵文物在塔内被发现。

煨藕汤，炸糍粑，洪山菜薹炒腊肉，

煨鸡汤，炸面窝，孝感米酒伴麻糖，

赤壁鱼糕桂花糕，竹溪碗糕米发糕，

看不尽的山水长廊，逛不够的美食小街。

等到春风拂面时，一日看尽长安花。

假如，你的假如都不存在，

你一定是奋战在一线的战士。

是党员，是干部，

是公务员、总经理、村支书，

你是胸佩党徽头顶国徽的人，

请接受我最崇高的致敬！

联防联控，严防死守，

军令如山，责任如山，人民如山，

你把人民捧在心里，人民就把你举过头顶！

保卫武汉，保卫湖北，

打赢阻击战，打好总体战，决胜歼灭战，

只能背水一战啊向死回生吧，我们没有
退路，

力竭任重久神疲，一路多保重。

如果你是响应号召在家隔离的城乡居民，

请接受我最由衷的点赞，

人人都是战士，家庭就是战壕，

村镇就是战场，社区就是战区，

你是人民战争的汪洋大海！

如果，如果不幸有亲人罹难，
请接受最深切的慰问，
举国在揪心，全民在哀痛，
难过着你的难过，悲伤着你的悲伤，
泪水托起那远行的孤帆，
你的平安是最大的告慰。

如果你是，你是空旷的城市空旷的街道上，
那个夜行的保洁工送餐员水暖工护线员，
请接受我最诚挚的问候，
我不知道你是谁，来自哪里，
只知道你是为了养儿育女来到这里，
你是平日里的路边石，
今天却甘当了铺路石。
这个城市因为你的行走不再空荡，
爱心火炬因为有你的传递而永不熄灭。
我想把全世界的车灯都打开，
照亮你脚下的路，
我想把天上所有的星星都摘下来，
挂在你的胸前。

如果，你是白衣天使是科研尖兵是一线战士，
请接受我最隆重的敬礼！

面对汹汹的病毒暴虐的死神，

你以格斗的姿势，一把将生命护佑在身

后——

放过他们！来，跟我单挑！

你是一个人的战斗，

每一个战位都有一个坚定的身躯。

你以34岁的勇气[1]，发出让这个世界清醒的

呐喊，

然后，然后潇洒离去；

你以84岁的威重[2]，发出让这个群体转身的

──────────

　　[1] 此处指李文亮医生。李文亮（1985年—2020年2月7日），男，武汉市中心医院眼科医生，辽宁锦州人，武汉大学临床医学专业毕业，中共党员。国家卫生健康委、人力资源社会保障部、国家中医药管理局追授"全国卫生健康系统新冠肺炎疫情防控工作先进个人"称号。2019年12月30日，他在同学微信群里发消息说"华南海鲜市场确诊了7例SARS"。2020年1月3日，他因"在互联网发布不实言论"被辖区派出所训诫。1月8日，李文亮在接诊时受到感染，1月10日出现咳嗽发热等症状，病情变重。2月7日凌晨2时58分去世。上午，湖北省卫健委、武汉市政府表示深切哀悼。当天，经中央批准，国家监察委员会决定派出调查组赴湖北省武汉市，就群众反映的涉及李文亮医生的有关问题做全面调查。3月5日，李文亮获得"全国卫生健康系统新冠肺炎疫情防控工作先进个人"称号。
　　[2] 此处指钟南山院士。钟南山，男，1936年10月生，福建厦门人，出身医学世家，呼吸病学专家。中共党员。1960年毕业于北京医学院，2007年获英国爱丁堡大学荣誉博士。现任中华医学会顾问、国家呼吸系统性疾病临床医学研究中心主任、广州呼吸疾病研究所所长。中国工程院院士，教授、博士生导师。2003年抗击非典先进人物。钟南山在抗击新冠肺炎工作中，担任国家卫生健康委高级别专家组成员。1月20日下午，钟南山首次指出新型冠状病毒肺炎存在人传人的情况。

口令，

　　然后奋然前行。

　　你不是一个人在战斗，

　　是一群人的战斗，一家人的战斗，

　　是一座城市的战斗，一个国家的战斗。

　　华东、华南精锐出击，

　　华北、东北利剑出鞘，

　　西南、西北披挂出征。

　　全国会战，万人上阵，

　　军民一条心，全国一盘棋。

　　对口支援分兵把守，兄弟同心有难同当，

　　亿万颗爱心隔空相助如潮如涌。

　　全国人民看到了，

　　看到你以天使的身份战神的姿态雷电的

威力，

　　钢盔铁甲地挺立在生死线上鬼门关口；

　　看到你忙碌的身影沉重的脚步，你憔悴的欣

慰疲惫的微笑，

　　看到你伟岸背后的汗珠，柔美里面的泪水，

　　看到你脆弱中的坚强，文弱里的勇敢，

　　以及一根稻草都能把你压倒的坚持……

　　奋战武汉城，从此武汉人，

　　你们是武汉的恩人，是湖北的亲人！

　　武汉人民泪谢你，湖北兄弟躬谢你，全国人

民心疼你。

知道你的倔强你的不屈你无声的誓言，

只是，只是要记得给身后那个似乎遥远，

却眼巴巴地，望着你背影的那个家，

给急切地在画面里找寻你的，那一双双你熟悉的眼睛，

给你的老父老母，你的伴侣幼儿，以及牵挂你的人，

报一声，平安。

武汉啊武汉，

令我牵肠挂肚的城市，让我愁肠百转的亲人，

我知道此时此刻的你，

劝慰不需要，责怨不想听，

唠叨是多余，懊悔是枉然，

思绪的翅膀都带泪，一切的语言都苍白。

我还是想说，

你是一座有担当的城市，

你牺牲自己，保护全国，

你向全国道谢，全国向你致敬。

我还想说，

我憋得住哭声却憋不住眼泪的武汉啊，

熬过黑夜就是黎明，走过寒冬就是暖春。

寒冬里存满了阳光，春天就会在心底发芽。

你听，总书记表扬你们了——

武汉是英雄的城市！

湖北人民、武汉人民是英雄的人民①！
英雄，自有英雄的模样——
勇敢前进，决不后退！
受伤的战士仍然是战士，
带泪的英雄依然是英雄，
爬起来，你还是一条汉子！

致敬，英雄的武汉！
致敬，英雄的人民！
大地正在回暖，情况终将好转，
一切都会过去，一切都会重来。
我们在春天的门口等待，
等待用热烈的掌声迎接，
迎接凤凰涅槃浴火重生的你，
你那一声，含泪地站起！

2020年2月13日于北京

① 2020年2月10日，习近平总书记在北京调研指导新型冠状病毒肺炎疫情防控工作。他深入社区、医院、疾控中心，了解基层疫情防控工作情况，并视频连线湖北武汉抗击疫情前线。习近平指出，湖北和武汉是疫情防控的重中之重，是打赢疫情防控阻击战的决胜之地。武汉胜则湖北胜，湖北胜则全国胜。习近平强调，武汉是英雄的城市，湖北人民、武汉人民是英雄的人民，历史上从来没有被艰难险阻压垮过，只要同志们同心协力、英勇奋斗、共克时艰，我们一定能取得疫情防控斗争的全面胜利。2020年3月10日，习近平专门赴武汉市考察疫情防控工作并指出，武汉不愧为英雄的城市，武汉人民不愧为英雄的人民。

九头鸟对天使的鸣谢

——献给所有奋战在湖北的医护工作者

我是一只受伤的鸟，受伤的九头鸟①，

沉重的翅膀飞呀飞不高，

长江上的航标灯在哪里？汉水里的夜行船在哪里？

白云姐姐在哪里？黄鹤哥哥在哪里？

累了困了，我病了。

不要说我聪明机灵，不要说我顽强敢拼，

天上的雨滴是我的泪，此刻的心情像结了冰。

我的躯体在下坠，我的灵魂正出窍。

---

① 九头鸟，被认为指代湖北人。据《山海经》记载，"大荒之中，有山名北极天柜，海水北注焉。有神，九首、人面、鸟身，名曰九凤"。这是关于"九头鸟"的最早描述。神话传说中楚地的先祖为祝融，而祝融是火凤的化身，九头凤神鸟成为楚地原始部落崇拜的图腾。近代以来有"天上九头鸟，地上湖北佬"一说，褒义指湖北人聪明机灵勇敢顽强，贬义指湖北人狡猾奸巧好斗。近些年褒义渐增，许多湖北人以"九头鸟"为文化标志。

可是恍惚之间，

我的翅膀被托起，迷茫的灵魂被照耀。

一道奇妙的仙境被打开，

朦胧中飞来无数的羽翼泛着洁白，

从荆楚大地起飞，从天南地北赶来，

穿越风天黑夜和雨霾，飞越迢遥千里万

重山，

像漫天飞舞鹅毛雪，纷纷扬扬落江城。

那每一次降临，都是一个希望的落地，

那每一声振翅，都是一次生命在起飞，

你的名字，叫天使。

危情似火，号令如山，

国家队八一队千里驰援，

地方队兄弟队闻警出动，

集团作战全线出击，协同作战分兵把守，

二十九个省份挺进湖北，三百多支队伍饮马

长江，

四万多人在荆楚大地报到，

新中国最大规模的医疗集结，在风驰电掣中

完成。

你从燕山脚下太行山脉启程，

我从唐山从汶川从彩云之南出发，

他从红土地黄土地黑土地走来。

你饮风餐浪逆风飞扬，

是东海的精卫①北海的鹏②，南方的孔雀北国的鹤。

你是父亲的草原母亲的河，康定的情歌丝路的舞，

把绿色的理想蓝色的畅想青色的念想一路播撒。

黄山黄河黄果树，珠江浦江澜沧江，

一根连神州，一脉行千里。

同学相约，战友重逢，父子参战，夫妻同伴，

上下铺兄弟再握手，五朵金花并蒂开。

五湖四海同堂会诊，民族兄弟齐心协力。

你是，十送红军长征路，八子参战惩凶顽③，

---

① 精卫，上古神话传说中的形象。《山海经·北山经》载，精卫是炎帝最小女儿的化身，因在东海游泳溺水而亡，便化作精卫鸟，口衔树枝与石块，终日往返于发鸠山与东海间，誓将汪洋填平。

② 鹏，见于庄子《逍遥游》："北冥有鱼，其名为鲲。鲲之大，不知其几千里也；化而为鸟，其名为鹏。"北冥，即北方的大海。

③ 此处指八子参军的故事。20世纪30年代，在中国革命红色摇篮赣南地区，瑞金沙洲坝下肖区七堡乡第三村农民杨荣显有八个儿子，老大、老二当了红军，在反"围剿"战斗中牺牲了，杨荣显又把另外六个儿子都送到红军部队。当时担任瑞金县委书记的邓小平同志听说后，坚持要找到最小的两个孩子，给杨家送回去，但最后这六个儿子也全部壮烈牺牲。1934年5月30日的中华苏维埃共和国临时中央政府机关报《红色中华》，报道了这个"八子参军"的故事。详见刘汉俊《有一种初心，叫守望》。

你是，百万雄师过大江，万辆推车上前方①。

车辚辚，马萧萧，行人弓箭各在腰，

爷娘妻子走相送②，不破楼兰终不还③。

泪别乳儿，揖别父母，两行热泪多壮志，

作别恋人，拥别伴侣，一声珍重几慷慨。

带上娘包的饺子，揣上哽咽的手机，

一个人的出征，一家人的战斗。

打个欠条，说声抱歉，等我回来，

许一个浪漫的婚约，发一个豪迈的婚誓，补一个隆重的婚礼。

---

① 此处指淮海战役。1948年11月6日开始，中国人民解放军华东野战军、中原野战军以徐州为中心，在东起连云港，西至商丘，北起枣庄薛城，南达淮河的广大地区，对国民党军进行战略性进攻战役。国民党军称"徐蚌会战"。整个战役于1949年1月10日结束。其间，江苏、山东、安徽、河南等地的人民群众出动民工543万人，征集担架20.6万副、大小推车88万辆、挑子30.5万副、牲畜76.7万头、船只8539艘，筹集粮食9.6亿斤。淮海战役胜利后，华东野战军司令员陈毅深情地说："淮海战役的胜利，是人民群众用小车推出来的。"

② 此处见唐代杜甫的《兵车行》："车辚辚，马萧萧，行人弓箭各在腰。爷娘妻子走相送，尘埃不见咸阳桥。"

③ 见唐代王昌龄《从军行七首·其四》："青海长云暗雪山，孤城遥望玉门关。黄沙百战穿金甲，不破楼兰终不还。"唐朝在青海筑城，置神威军戍守。雪山指祁连山。玉门关，汉朝时设置的边关，在今甘肃敦煌西。楼兰，汉朝时西域国名，即鄯善国，今新疆鄯善县东南一带，西汉时楼兰国与匈奴勾通，屡次杀害汉朝派往西域的使臣。此处"楼兰"泛指唐朝时盘踞西北地区的势力。2020年2月23日，习近平在统筹推进新冠肺炎疫情防控和经济社会发展工作部署会议上的讲话中指出，要以"咬定青山不放松"的韧劲、"不破楼兰终不还"的拼劲，沉下心来、扑下身子，坚持问题导向，分层级理清影响落实的问题，一个一个去解决，把工作落到实处。

有一种表白叫"别担心我"，

有一种约定叫"带你做最美的发型"①，

有一种食言叫"我回来娶你"，

有一种谎言叫"奶奶您放心，我就出个差，完事就回"，

有一种霸道叫"我要你平安回来啊老婆"，

有一种情分叫"我是湖北姑爷"，

有一种不舍叫"去吧儿子，注意安全"，

有一种红包是"爸爸，我给你留了压岁钱"，

有一种自觉是"妈妈你要平安回来检查我的作业"，

有一种大方叫"我把爸爸借给你"②，

有一种命令是10岁爱女给爸爸的"八条要求"③，

以及那句"重要的事情说三遍"：

平安回家！平安回家！！平安回家！！！

然后，画个汤圆在等你。

---

① 湖北省咸宁市崇阳县人民医院护士汪耀萍，从大年初一起开始照顾重症患者。为方便工作，她忍痛将自己的长发剪成齐耳短发。她的丈夫庞骞在微信视频中看见妻子的短发时，安慰说："春暖花开的时候，我带你做最美的发型！"

② 安徽滁州一位叫汤瑗的女孩儿，给在武汉抗疫一线的爸爸汤松兵写信说很想念他，信上还专门有一句写给爸爸所照顾病人的话："我把我爸爸借给你了，你们一定都要好起来啊！"

③ 军队支援湖北医疗队队员赵兴辉随身带着10岁女儿赵梓妍的亲笔信：1. 一天打三个电话，早中晚；2. 晚上的电话要告诉身体的情况；3. 平平安安地回家；4. 做一个说到做到的人；5. 打赵梓妍手机；6. 早点回来，尽量；7. 不要忘记我和妈妈一直爱你；8. 重要的事情说三遍，平安回家、平安回家、平安回家……

你的名字，叫战士。

你是天使，你是战士，

魑魅魍魉是你的敌人，病毒瘟疫是你的靶心。

白衣战袍是你的钢盔铁甲，护目镜下是你的
火眼金睛。

你被严密包裹，却被病毒包围，

到处有陷阱，随时有雷区，

面对病毒的枪口，顶着细菌的风暴，

最危险的岗位总有最多的报名。

生死路上冲刺，鬼门关前横槊，

跟死神掰手腕，跟病毒比速度，

你让垂危获得新生，让绝望不再纠缠。

隔离病区缓冲区，重症病室CT室，

氧气面罩输液管，核酸检测呼吸机。

不是你的战场就是你的武器。

做一次咽拭子标本采集①，巨大的风险在潜伏，

当一次插管②敢死队队员，喷涌的病毒在等待。

英雄不当逃兵，天使不会害怕。

你是流行病学调查员，像福尔摩斯像柯南，

---

① 从咽部和扁桃体取出分泌物，做细菌培养或者病毒分离。咽拭子分泌物中检测出致病菌，则视为呼吸道感染。采集咽拭子标本的过程很危险，医护人员面临极大的被感染风险。

② 气管插管是与患者气道接触最密切的临床操作之一，插管过程中极容易产生分泌物飞溅、飞沫、气溶胶扩散等，执行手术的麻醉师很容易被感染。

追踪幽灵的魔影侦察病毒的轨迹。

你是患者心理疏导员知心姐姐开心果，

敲开坚冰的大门打开春天的窗口。

从遭遇战到总体战，从阻击战到歼灭战，

收治率治愈率节节攀升，感染率病亡率一路
下落，

拐点就在不远处，冰点过后是早春。

你那一个疲惫的微笑，

是春天的请柬生命的印章。

面对感恩，你说，我是医生。

是的，你是医生，

救死扶伤拯救人类是你的使命，

燃烧自己照亮别人是你的天职。

你是女娲①是精卫是夸父②是大禹③是后

----

① 女娲，上古神话中的创世女神形象。《山海经·大荒西经》载，她用黄泥抟土造人，建造了人类社会和婚姻制度；又因世间天地塌陷，熔彩石补苍天，斩鳖足立四极。流传有女娲补天的故事。

② 夸父，上古神话传说人物形象。《山海经》载，夸父身材魁梧，力大无穷，他抱着有志者事竟成的信念，与太阳竞跑，翻过重山、渡过江河，一直追赶到太阳落下的地方。他感到口渴，就到黄河、渭水喝水。黄河、渭水的水不够，他就去北方喝大湖的水，还没赶到大湖就渴死了，他扔弃的手杖化成了桃林。流传有夸父逐日的故事。

③ 大禹，古代传说中与伏羲、黄帝比肩的圣贤帝王，夏朝的开国君王。相传尧帝时，中原洪水泛滥成灾，久治未果，百姓愁苦不堪。禹继承父业治水，三过家门不入，历时13年终得成功，被百姓尊为"大禹"，并受舜禅让继承帝位。流传有大禹治水的故事。

羿①是神农②，

　　你拯救苍生挽救世界创造神话。

　　你有哪吒③的降妖除魔风火轮，

　　有孙悟空的火眼金睛金箍棒，

　　你是扫病毒的雷神是灭瘟疫的火神。

　　悬壶济世炼金丹，遍采百草救万民，

---

　　① 后羿，上古时期神话人物形象。据《山海经》载，传说尧帝时天上出现十个太阳，江湖干涸，林木起火，庄稼枯萎，百姓焦灼，尧帝请来善于射箭的后羿，只见他张弓搭箭，一支支射向太阳，顷刻间太阳就射去了九个，万物复生，救苍生于水火之中。流传有后羿射日的故事。

　　② 神农，上古神话传说形象。据传，神农氏是三皇之一，因特殊外形和勤劳勇敢被推为首领。他见鸟儿衔种，发明了五谷农业，被称为神农；他还制作陶器、织麻为布、开辟集市、发明乐器；见百姓生病，不知医药，神农便尝遍百草，记录下药性用来医治疾病，发明了医药，留下神农尝百草的典故。

　　③ 哪吒，古代神话人物形象。源于宗教中的神仙，在《三教搜神大全》《封神演义》《西游记》等多部典籍中出现，几经演变后广为流传的形象是，出生奇异，三头六臂，年幼时大闹东海龙宫，杀龙取筋，后参与封神大战，过关斩将护周伐纣，降妖除魔。哪吒的法宝神兵是乾坤圈、风火轮、火尖枪等。流传有哪吒闹海等故事。

你是扁鹊①华佗②沈梦溪③，你是宋慈④葛洪⑤李时珍⑥，

---

　　① 扁鹊，相传是春秋战国时期的名医。他在诊疾时应用的诊断技术是望、闻、问、切，奠定了中医学切脉诊断方法，提出了相应的脉诊理论。他还精于内、外、妇、儿、五官等科，应用砭刺、针灸、按摩、汤液、热熨等法治疗疾病，被尊为"医祖"。司马迁撰《史记·扁鹊仓公列传》对其有详细记载。

　　② 华佗，相传为东汉末年著名医学家。他医术全面，尤其擅长外科，精于手术，被后人誉为"神医""外科鼻祖"。他发明的麻醉剂"麻沸散"开创了世界麻醉药物的先例，领先欧美全身麻醉外科手术1600余年。他还创编"五禽戏"，模仿猿、鹿、熊、虎、鸟五种禽兽姿态健身，在医疗体育方面有着重要贡献。《三国志》《后汉书》对其诸多成就都有评述。

　　③ 沈梦溪，即沈括，字存中，号梦溪丈人，北宋政治家、科学家。沈括一生致力于科学研究，在众多学科领域都有很深的造诣和成就，涉及数学、物理、化学、天文、地理、水利、医药等学科，被誉为"中国整部科学史中最卓越的人物"。其代表作《梦溪笔谈》集前代科学成就之大成，在世界文化史上有着重要的地位，被称为"中国科学史上的里程碑"。

　　④ 宋慈，南宋著名法医学家，所著《洗冤集录》是世界上最早的法医学专著，被译成多种语言流传国外。中外法医界普遍认为宋慈于公元1235年开创了"法医鉴定学"，因此他也被尊为世界"法医学鼻祖"。

　　⑤ 葛洪，东晋时期名医，丹阳句容（今属镇江）人，预防医学的先导者。著有《肘后方》等，书中最早记载传染病如天花、恙虫病症候及诊治。他在炼丹方面也颇有心得，丹书《抱朴子·内篇》中具体描写了炼制金银丹药等化学方面的知识，介绍了许多物质性质和物质变化。

　　⑥ 李时珍，明代著名医药学家。他遍读历代医药书籍，在多地收集药物标本和处方，拜多人为师，完成了192万字的巨著《本草纲目》，书中载有药物1892种，收集医方11096个，绘制精美插图1160幅，分为16部60类，是中国古典医学集大成者。他研究脉学，著述有《奇经八脉考》《濒湖脉学》等多种。他被后世尊为"药圣"。

你是医圣张仲景①在坐堂义诊，望闻问切治天下，

你是药王孙思邈②在研磨本草，救世良方医苍生。

把脉世相问诊众生妙手回春，

探究自然问道乾坤经世济民。

你是古希腊医神阿斯克勒庇俄斯③率众医神的亮相，

是医学之父希波克拉底④和天花克星琴

---

① 张仲景，东汉末年著名医学家，他广泛收集医方，写出了传世巨著《伤寒杂病论》，创造了诸多剂型，记载了大量有效的方剂。他确立的辨证论治原则，是中医临床的基本原则。他被后人尊称为"医圣"。

② 孙思邈，唐代医药学家。他终身不仕，隐于山林，采药，给百姓看病，搜集民间验方、秘方，总结临床经验及前代医学理论，所著《千金要方》《千金翼方》被誉为中国古代医学百科全书。他被后世尊为"药王"。

③ 在希腊神话中，人们将阿斯克勒庇俄斯奉为医神，为他建造了神庙。阿斯克勒庇俄斯出现在病人的梦中，为他们治病，并开出救治的药方，他的形象为一位蓄着胡须、手持拐杖的中年男子，他的拐杖上盘绕着一条神蛇，神蛇杖成为医者救死扶伤的象征与标志。

④ 希波克拉底（约前460—前370），古希腊伯里克利时代的医师，西方医学奠基人，被西方尊为"医学之父"。他立下誓言："我以阿波罗、阿克索及诸神的名义宣誓，我要恪守誓约，不给病人带来痛苦与危害。如果我违反了上述誓言，请神给我以相应的处罚。"1948年，世界医协大会对这个誓言加以修改，定名为"日内瓦宣言"，把它作为国际医务道德规范予以坚持。希波克拉底的贡献不仅是首先制定了医生必须遵守的道德规范，而且在医学思想和医疗实践方面，都对医学的发展产生了深远影响。

纳①的登场，

　　是南丁格尔②白求恩③精神在绽放，

　　① 琴纳（1749年5月17日—1823年1月26日），英国医学家，以研究及推广牛痘疫苗，防止天花而闻名，被称为免疫学之父。

　　② 南丁格尔（1820年5月12日—1910年8月13日），英国护士，现代护理教育的奠基人。克里米亚战争爆发后，南丁格尔于1854年10月21日前往克里米亚野战医院工作，积极参与开设战地医院。她分析了堆积如山的军事档案后指出，英军死亡的原因是在战场外感染疾病及在战场上受伤后没有适当的护理，经过她的努力工作，伤员死亡率从42%迅速下降至2%。她建立了护士巡视制度，每天夜晚总是提着风灯巡视病房，每天工作20多个小时。她被称为"克里米亚的天使""提灯女神"。"南丁格尔"也成为护士精神的代名词。为纪念这位近代护理业创始人，她的生日5月12日被定为"国际护士节"。

　　③ 白求恩（1890年3月4日—1939年11月12日），加拿大胸外科医师，医学博士，加拿大共产党员，国际主义战士。1938年3月，白求恩受加拿大共产党和美国共产党派遣，率医疗队来到延安，帮助中国的抗日战争，受到毛泽东会见，后来多次给毛泽东写信并得到毛泽东回信。他在山西雁北和冀中前线的4个月里救治了大批八路军伤员，完成手术300余次，建手术室和包扎所13处，后又创办卫生学校，编写战地医疗教材。1939年10月，白求恩的手指不幸被手术刀划伤而感染，次月病逝于河北唐县黄石口村。毛泽东闻讯后十分难过，专门写下《学习白求恩》一文，称赞白求恩"毫不利己专门利人"的精神，评价他是"一个高尚的人，一个纯粹的人，一个有道德的人，一个脱离了低级趣味的人，一个有益于人民的人"。

是林巧稚①李月华②吴登云③屠呦呦④在关切。

① 林巧稚（1901年12月23日—1983年4月22日），福建厦门鼓浪屿人，医学家，中国妇产科的主要开拓者、奠基人之一。她是北京协和医院第一位中国籍妇产科主任及首届中国科学院唯一的女学部委员（院士），接生了5万多婴儿，被尊称为"万婴之母""生命天使""中国医学圣母"。

② 李月华（1939年—1971年8月31日），江苏宿迁人，生前是安徽泗县丁湖医院的乡医。她长年如一日走村串户为农民看病，不论何时身在何处，只要有病人需要，她立刻登门诊治，甚至把自己家变成"家庭病室"。她不顾身患重病，在高烧中仍为病人看病开药，强撑身体为危重产妇完成手术，因劳累过度以身殉职，年仅32岁。她在日记中写道："我愿把自己的一切，献给人类的壮丽事业。"1972年12月19日，《人民日报》报道了李月华的事迹。

③ 吴登云，男，1939年5月出生，江苏高邮人。新疆维吾尔自治区乌恰县政协原副主席，县人民医院原院长，中共党员。大学毕业后，他志愿来到祖国最西端的乌恰县工作，为了抢救民族兄弟先后无偿献血30余次计7000多毫升，为抢救烧伤的婴儿从自己腿上割下13块皮肤移植到患者身上。他每年都要花三四个月深入牧区巡诊和防疫，足迹踏遍全县9个乡30多个自然村，受到当地干部群众爱戴。他先后当选为"100位新中国成立以来感动中国人物""新中国成立以来百位先进人物"。

④ 屠呦呦，1930年12月30日生于浙江宁波，药学家，诺贝尔生理学或医学奖获得者。二十世纪六七十年代，在极为艰苦的科研条件下，屠呦呦团队与中国其他机构合作，先驱性地发现了青蒿素，开创了疟疾治疗新方法，有效降低疟疾患者的死亡率。2015年，屠呦呦获得诺贝尔生理学或医学奖，成为首获科学类诺贝尔奖的中国人，以她提取的青蒿素为基础的联合疗法（ACT）挽救了全球数百万人生命。获得2016年度国家最高科学技术奖。党中央国务院授予屠呦呦改革先锋称号，颁授改革先锋奖，是共和国勋章获得者。

你是南山不老你是兰娟①蕙心，

你是文亮②不泯你是文宏③声振，

你是继先④在前你是定宇⑤有方。

① 此处指李兰娟院士。李兰娟，女，1947年9月13日出生于浙江绍兴，中国工程院院士，传染病学家、中国人工肝技术的开拓者，国家卫健委高级别专家组成员。2020年1月18日，73岁的李兰娟院士与84岁的钟南山院士等6位专家前往武汉实地了解疫情，掌握疫情流行和新冠病毒特点的第一手资料。2月1日，李兰娟临危受命，率医疗队再次赶赴疫区一线，指导救治工作，针对危重病患者，提出新的治疗方案，为此次疫情防控与救治做出重要贡献。

② 此处指李文亮。

③ 张文宏，男，浙江温州人，复旦大学附属华山医院感染科主任、党支部书记、主任医师、博士生导师，长期从事感染病与肝病专业的临床研究。在这次抗击新冠肺炎斗争中，他作为上海医疗救治专家组组长在前方工作。2020年1月31日，张文宏说："我们派驻党员医生上抗疫前线支援，不打招呼，直接报名，没有讨价还价。""没什么好说的，入党的时候每个人都宣誓了，要把人民利益放在第一位。"这些话，掷地有声，加上过硬的专业能力，树立起"硬核"医生的形象。

④ 张继先，女，1966年生，中华医学会呼吸病学分会湖北省、武汉市委员，湖北省职业病尘肺病鉴定专家。现任湖北省中西医结合医院呼吸内科主任，内科党支部书记。2019年12月27日，张继先最早发现新型冠状病毒肺炎疫情苗头，和院方一起坚持上报，第一个为疫情防控拉响警报，为湖北"疫情上报第一人"。

⑤ 张定宇，男，1963年生，武汉市金银潭医院党委副书记、院长。此次疫情期间，他不顾身患渐冻症，身先士卒，对首批7名不明肺炎患者组织开展流行病学调查，为确定病源赢得先手。他带领全院600多名医护人员夜以继日战斗在抗击疫情最前沿，为患者救治确定方案，挽救了不少生命。

你是童话里的天使夏思思①，

一声轻唤就让世界苏醒。

是的，你是医生，

战士与天使凝成的高贵，

责任与使命赋予的神圣。

沧海横流，英雄本色不改，

大难当头，天使意气风发。

这是人世间最悲壮的生命大营救，

这是天底下最雄壮的医者大检阅，

你给生命以脉动给冰冷以温度给世界以

春色。

80岁的威重，70岁的睿智，

"60后"的担当，"70后"的负重，

"80后"在冲锋，"90后"在成长，

国家的栋梁站成墙，民族的脊梁长成行，

祖国托付给你，人民期待着你。

你是一个稚嫩的孩子却沉稳得像老兵，

你扬起健壮的柔美的白皙的胳膊，

低叫一声来吧，预防针往这里扎。

---

① 夏思思，女，1990年6月生，生前为武汉市蔡甸区人民医院消化内科医生。2020年1月14日，夏思思所在科室收治了一名高度疑似新冠肺炎的老人，刚下夜班准备回家的她接到通知，立即折回医院参与救治，协调专家会诊，随后又主动留在病房照护。然而在救治患者时她不幸感染新冠肺炎，经抢救无效，于2月23日去世，年仅29岁。

你穿起肥硕的防护服，收起健美的倩影，

十多层的严密罩不住你的青春你的斗志你的
热血。

你像太空战士像超人英雄像钢铁侠像奥
特曼，

神力无敌法术无边。

你的每一个动作，都是一次冲锋，

你的每一个表情，都是一次诊断书，

天使一微笑，天空都灿烂。

你①以风样的速度火样的热情，

建成五百张床位的定点医院，

却把自己送进了终点站。你以51岁的凄美，

完成了人生最壮丽的谢幕。

你②把结婚请柬藏在抽屉，

把幸福甜蜜和美好憧憬藏在心底，

---

① 此处指刘智明医生。刘智明，1969年出生，生前任武汉市武昌医院党委副书记、院长。新冠肺炎疫情暴发以来，刘智明始终坚守一线，他曾三天三夜不休不眠，组织建起一个能容纳500位确诊病人的定点医院，自己却被确诊为新冠肺炎，住院后仍不停地安排工作，直到生命的最后一刻。他担心传染其他医生留下医疗预嘱"如果万一，不要插管抢救"。2020年2月18日，刘智明以身殉职，年仅51岁。

② 此处指彭银华医生。彭银华，1990年12月出生，生前为武汉市江夏区第一人民医院呼吸与危重症医学科医生。2020年1月，为抗击疫情，彭银华推迟了原定正月初八的婚期，主动请缨上一线，在隔离病区坚守近一个月。即使是被确诊感染新冠肺炎后，他仍申请留在隔离病区继续照顾病患。2020年2月20日，彭银华不幸去世，抽屉里还留着没来得及送出的婚礼请柬，年仅29岁。

走向战场走向凶险留下永远的背影，你的潇洒，

让天下的父母有椎心之痛啊我的孩子。

口罩捂不住抗争的低泣，目镜挡不住倔强的眉宇，

你的轩昂，挺立在每一场心力交瘁的激战中，

你的勇猛，表现在每一次归航之后的再出发。

防护服里一憋六七小时的汗水，

是全国人民心疼的泪水。

累倒在地上瘫倒在椅上趴倒在桌上，

你的睡姿是最美的油画，

天使一打盹儿，世界都心疼。

你[①]蹲在寒冷的街边，吃那碗热乎的饺子，

丈夫抱着儿子，远远地看你，

整个天空啊都在心疼，心疼地为你落泪。

转过身，挥挥手，天使的表情随处有，

是方舱里的二维码告示牌广场舞广播台，

是防护服上"不计报酬，无论生死""加油

---

① 此处指江世娥护士。江世娥，女，1995年出生，湖北郧西县店子镇中心卫生院护士。2020年2月19日起，网上流传着这样一幅照片：因为怕近距离接触传染给丈夫和孩子，一位年轻女护士蹲在路边吃丈夫送来的饺子，不远处她的丈夫抱着9个月的孩子，蹲在一旁，静静地看着她吃。这个女护士就是奋战在一线，25天没回过家的江世娥。

雄起奥力给①"的签名签字签到牌，

以及浓浓款款的祝福心心念念的表白。

你的铿锵誓言，让一切语言都起立，

你的凡人金句，让所有赞美都倾倒。

你是战士，你是天使，

你向邪恶宣战，把角落照亮。

你的高尚一度被渺小打倒，

你的翅膀也曾被谎言折断，

你的裸战付出过惨痛代价，伤口还在滴血，

天使一难过，世界泪纷飞。

用你痛楚的呐喊撕开冷漠的外衣，

以你带血的忠诚开启良心的门锁。

天使一愤怒，世界就发抖，

你让欲望收手，让贪婪停步，

给罪恶敲响丧钟，让痛苦告个段落。

让放肆感到忌惮，让无度看到边界，

让耻辱更加耻辱，让忏悔不再忏悔。

叫病毒不再猖獗瘟神不再嚣张生命不再哀号，

灾难在人间止步春风在世间浩荡。然后，

给每一个灵魂找到归宿，

给每一个心窝点一炷烛光。

---

① 奥力给：网络流行语。网络主播在直播或者录视频时的话术，作为感叹词，包含了赞美、加油打气等多种感情色彩，也就是我们常说的"给力"的意思，也称"给力噢"。

你是战士，你是天使，

战士需要关爱，天使需要呵护，

但愿天使的表情不再疲惫憔悴不再委屈，

但愿战士的耳朵不再被任性的谩骂震响，

不再有失控的污秽泼向你，

不再有情绪的尖刀刺向你。

留心那些心怀叵测的瞄准，

躲避那些满是细菌的口水，

以及那些病毒一样的喷子，

天使一受伤，世界会流血。

战士不被伤害，世界才有安宁。

天使有天使的烂漫，战士有战士的风度。

看不清你的脸，却知道那是最美的容颜，

看不到你的眼，却知道那是最亮的星子。

你以战神的姿态英雄的模样天使的颜值，

让这个世界淡定从容安定美好。

天上九头鸟，猎猎起芳草，

扶摇九万里①，极目楚天舒②，

---

① 见庄子《逍遥游》："鹏之徙于南冥也，水击三千里，抟
扶摇而上者九万里，去以六月息者也。"

② 见毛泽东词《水调歌头·游泳》："才饮长沙水，又食武
昌鱼。万里长江横渡，极目楚天舒。不管风吹浪打，胜似闲庭
信步，今日得宽馀。"

背负青天朝下看①，阅尽人间城郭。

我以歌澎湃，我以舞翩跹，

我以长江为氅黄鹤为冠，

龟蛇为戈矛，琴台为金樽②，东湖为美酒，

赠你一袭英雄袍，一抖征尘向天嚎。

你满脸的压痕是天上的虹，

我想采下漫天云霞裁两份，

一份为你抚伤痕，一份为你剪霓裳。

天使一开心，枝头都绽放，

用漫山的映山红铺成春天的地毯，以及

梅花桂花栀子花，石榴荷花月季花，

紫云英油菜花，桃花李花棠棣花，

为你编织新娘的花冠，

然后，和你一起，

去长江看大桥，上武大赏樱花，

然后，请你过早陪你消夜邀你看戏，

香喷喷的热干面炸面窝蒸烧梅煎豆皮在
等你，

美滋滋的武昌鱼煨藕汤小龙虾煨鸡汤在
等你，

缠绵绵的汉剧楚剧花鼓戏评书大鼓黄梅戏在

---

① 见毛泽东词《念奴娇·鸟儿问答》："鲲鹏展翅，九万里，翻动扶摇羊角。背负青天朝下看，都是人间城郭。"

② 金樽，亦作金尊，古代盛酒器具。李白《将进酒》："人生得意须尽欢，莫使金樽空对月。"

等你。

那是武汉在等你，湖北在等你，长江在等你。

这是湖北九头鸟，对你的鸣谢。

此致，敬礼！

2020年3月3日于北京

烟波江上

051

致敬武汉志愿者

你是一道风景，崛起在封城的武汉，
你是一座雕塑，标点着城市的性格。
从隆冬走到早春，从深夜站到清晨，
在江河中磨洗，在日月中抛光。
你是夜幄抖落的满天星子，
悲怆中的一抹曙色，悲悯里的一捧暖意。
生灵遭遇寒流，我们别无选择，
切断病毒的传播，也阻断了营养的脐带，
生命的呼救谁倾听，焦虑的心绪谁抚平，
一千万人口的城市嗷嗷待哺，
九省通衢的武汉不能没有颜色。

一声呼唤，应者云集，
上"学习强国"报名，到"文明武汉"注

册①，

数万个红马甲在奔跑，无数个防护服在忙碌。

一十五个行政区一百六十多个街道排兵布阵，

一千四百个社区七千多个小区分兵把守。

你来自机关来自企业来自社会，

是干部警察工程师、教师老兵大学生，

是党员先锋队青年突击队雷锋服务队，

是蓝天救援队②美德志愿者③爱心私车队。

下沉接地气，近林柳色新，

你从局长处长科长变成片长、路长、楼长，

你是小巷总理苦口婆心连说带劝，

你是支书村主任讲着道理喊着粗话。

① 武汉市小区实行二十四小时封控管理后，市民买米、买菜、买药存在一定困难。中宣部、中央文明办与武汉市委、武汉市疫情防控指挥部在武汉市开展"志愿服务关爱行动"，专项招募志愿者，主要在小区内为居民提供食品药品代购代送等服务工作。报名者登录"学习强国"App、"文明武汉"微信公众号报名。

② 蓝天救援队，中国民间专业、独立的公益性紧急救援机构，成立于2007年，在全国31个省市区成立品牌授权的救援队，登记在册的志愿者超过5万人，随时待命应对各种紧急救援，专业范围覆盖生命救援、人道救助、灾害预防、应急反应能力提升、灾后恢复和减灾等领域，成立以来每年救援案例超过1000起。疫情发生后，江苏蓝天救援队、苏州蓝天救援队队员许鹏驾车运送弥雾机等装备前往武汉。2020年2月21日凌晨4时，许鹏在山东梁山境内因车祸牺牲，年仅39岁。

③ 武汉美德志愿者联盟，是武汉封城之后成立的一个民间志愿者组织。发起者是"80后"武汉人汤红秋，她有着自己的翻译公司。美德志愿者联盟在短短时间里组织起300多人从事线上志愿服务，400多位爱心车主进行线下对接，主要业务包括对接配送防护物资、募集资金、采购配送生活物资、翻译海外捐赠物资说明等。

你的身份，
是指挥员讲解员守门员，
是卫生员服务员代购员。
你的名字，叫志愿者。

帐篷为你遮风，你为百姓挡雨。
街道小区是你的阵地，温枪口罩是你的武器。
宣讲政策传递信息做到家喻户晓，
通报疫情传播知识力求人人皆知。
管控隔离，把住关口，你严防死守，
转运病患，一路奔驰，你义不容辞。
执勤登记不遗漏，消毒杀菌无死角，
测温查报不马虎，摸底询问无盲区。
网格化管理，全员性在册，拉网式排查，
面对面覆盖，点到点对接，键对键问答。
一次次劝告，一回回说服，
嘶哑了嗓子熬红了眼，磨破了鞋底磨破了嘴。
手机上有志愿热线，朋友圈是爱心平台，
网上超市任你选购，在线服务由你点播。
柴米油盐酱醋茶，团购代购叫外卖，
米袋子扛上楼，菜篮子送到家，
一家家统计，一趟趟送货，
连接最后一公里，打通眼前一百米。
让空巢老人不再孤独，给失独老人一个寄托，
让留守儿童有个依靠，给流浪人员一个暖窝。

为了大爷一服药你驱车找了九条街，

为了接班不迟到你逆风骑行三小时。

你守土尽责，守土有方，

把街道社区建成服务区加油站，

把居民小区办成安全坞避风港。

通道关闭，心门打开，爱心驿站在接力。

打开的是拳拳心门，难解的是你的千千心结。

既防着病毒又忍着埋怨，

既警惕疫情的雷区又避开舆情的爆点。

你不敢生病不敢回家，不敢解释不敢顶嘴，

你们在家是父母单位是领导出门有威严，

可不得不收起架子、压低姿态，

让脾气熄火，把泪水憋回，叫沮丧别抬头，

因为他们是你困厄中的兄弟患难与共的同胞。

你也是父母，孩子需要你回家做饭网课陪伴，

你也是子女，江对岸的父母在等你送药送菜，

你也起劲地围观武汉嫂子的汉骂[①]，

---

① 2020年2月22日，一段武汉嫂子在微信群里怒斥社区不作为，指责超市推出AB套餐的"汉骂"视频，引发广泛热议。这位名叫"雨儿"的女业主连发多条语音，对超市套餐配送捆绑销售、物价较贵、社区不作为等现象进行猛烈批评："这个AB套餐，真是不像话，我们买一袋米，还要买草纸，酱油买一堆。""社区工作人员总是空话、套话一大堆，没有解决过实际问题。""雨儿"一直用武汉方言怒骂，还夹杂着"脏话"。这段视频时长3分38秒。武汉嫂子"汉骂"视频走红后，社区书记马上表态正在努力改进，超市被约谈，要求取消所有套餐售卖等。也有网民认为这个"汉骂"存在个人情绪，有些偏激，说搞阴阳套餐是冤枉超市。

觉得解气解恨骂得爽，

一低头却流下委屈的泪。

你是服务志愿者，你是爱心批发商，

世界给你汪汪的泪眼，你还世界灿灿的笑脸。

给孤独求助一个援手，给通情达理一个握手，

给心直口快一个招手，给重情重义一个拱手。

你是纽带挽起五湖四海，是桥梁连接四面

八方，

是春天的窗口用五彩缤纷扮靓，

你把自己站成了堡垒的形状旗帜的模样。

你是金银潭医院门口的快递小哥汪勇[1]，

无数次仰视那枚红十字，

是城市的活地图却没有一片属于自己的斑斓。

为了神勇而柔弱的白衣天使，

你刹那间从快递小哥长成了爱心大哥。

你邀来同样没有名分地位居无定所的打工仔，

接送疲倦的天使风雨无阻昼夜不分，

是无畏的逆行者无私的摆渡人。

你心疼素昧平生的医生护士勤杂工，

---

① 汪勇，男，35岁，武汉市顺丰快递员。疫情发生后，他组织起"金银潭区域医护人员需求群"，招募志愿者二三十人，整合共享单车、滴滴、网约车、餐馆、便利店、心理咨询平台、图书等资源，为医护人员代购、代修物品等，成为大家离不开的贴心人。2020年2月19日，汪勇被破格提升三级，从一名快递小哥升职到了分部经理。2月26日，国家邮政局授予汪勇"最美快递员"称号。3月2日，汪勇成为中共预备党员。

四处奔波找餐馆，只为让他们吃上一口热米饭。

你买遍全国搜遍世界，

只为找到他们要的无袖羽绒服和医用鞋套，

你学会了修眼镜手机充电器，因为他们有需要。

你一声不吭地扛起一个人难以承受的负重，

你默默无闻地牵引了让所有人跟随的行动。

天使是患者的保护神，你是天使的守护神，

患者为天使动容，天使为你落泪。

你义薄云天，让自大霾时变小，草根瞬间成荫，

你情满四海，是疾风中的劲草，是社会的良心。

忠勇赴戎机，仁义重千金，

匹夫担道义，位卑亦报国。

我想请太阳为你铸一尊金色的奖杯，

然后请月光镀一层银色的清辉。

你是方舱播音员华雨辰①以天籁般的声音在

---

① 华雨辰，女，30岁，武汉市青山区钢花小学音乐教师。武汉封城后她主动报名当了志愿者，在还没有防护服的情况下，加入开私家车接送医护人员的队伍中，后来又配合交警测量来往车辆中人员的体温。方舱医院开始建设后，华雨辰和其他志愿者一起帮助搬运物资、铺床、搞卫生。后来接到进方舱当播音员的任务，欣然上岗，与其他9位志愿播音员一起，分早中晚三个时间段播放广播，播送轻音乐、励志美文、天气情况、新闻资讯、医疗救治最新进展等。

召唤，

让迷茫走出沼泽，让焦躁走向安定，

是垒起神山奇迹的基石，托起生命方舱的长波。

你是蓝天救援队队员许鹏在星夜疾驰，

在车里打盹，帐篷里过夜，

以39岁的壮烈在高速路边立起永远的丰碑。

你是盒马美团饿了么，是滴滴摩拜和青橘，

骑手在风驰电掣，勇士在赴汤蹈火，

接通城市的毛细血管，传递人性的善良和温暖。

你是保洁大姐保安小哥，超市大嫂甜点小妹，

你是长途司机爱心妈妈，心理咨询热线姐姐，

你是汉漂的外地伢你是滞留的异乡客，

人人心中一团火，个个都是热心肠。

你是播音主持朗诵家在直播，演员诗人歌唱家在连线，

你用笑响安顿心身让伤口结个痂，

用舞姿点亮希望让梦想再出发。

悲壮从悲壮里站起，豪迈在豪迈中出发，

你是春天的序曲映山红，是三月的标题报春花，

你是火中的凤凰炉中的煤，

百炼成钢好身手，丹心一片谱壮歌。

你是顶天的大树立地的根，

你的铮铮铁骨挡得住雨、经得起风。

武汉志愿者，战地真英雄，

你是长江船夫曲，你是中国风景线，

你是在尘土飞扬中奋进的民族方队里，

那一抹闪亮的色彩，

你是在波澜壮阔中前行的中国巨轮上空，

那一道鲜艳的彩虹。

2020年3月13日于北京

烟波江上

写在援鄂医疗队分批离开武汉之际

请接受一座城市的敬礼

——献给援鄂医疗队队员

有一万个理由，我离不开你，
有一千个理由，你舍不得我。
你我泪水交融，像长江汉水在激荡在汇合，
你我心瓣相连，像盛开的樱花在簇拥在厮磨。
我的生命在你的注视下清晰，
你的笑靥却在我的泪眼中模糊。
你用雄姿托住了风雨中的城市和它的灵魂，
你用柔情唤醒了无数倒地的生灵和它的春天。
你是我的救命恩人，
我舍不得你走。

患难淬炼真情，希望在绝处逢生，
你以大德拯救千万条生命，以大爱挽救无数
个家庭，
用恩德和仁爱复活了这座城市。
你以勇敢和意志为我撑起一个天，

烟波江上

060

然后用红十字方舱为我搭起一个家，

你是我的家人我是你的牵挂。

你为了同胞在拼命，为了国家而战斗，

人说我是英雄，我说你是英雄。

你匆匆地来，悄悄地走，

不带走一片楚天的云彩。

我熟悉你的眼，却没见过你的脸，

你救了我的命，我却不知道你的名，

你把我带回了人间，我却不知道去哪里找你。

你的恩情像长江一样浩荡汉水一样澎湃，

流进了我的心田我的血脉。

我舍不得你走。

我不留你，

护目镜下你的疲惫你的憔悴你的创痕需要舒展，

防护服里皱巴巴的青春汗津津的潇洒需要绽放。

知道你思念心中的家心上的人，

有妻儿父母在期待在翘盼。

那一顿迟迟的团圆饭在门边巴巴地望你，

那一个热烈的拥抱在唇边切切地等你。

你要给孩子的作业打个对钩，再讲一个打怪
兽的故事，

你要去做一个最美的发型，给爱人补一个隆
重的婚礼。

你要回家监督老公答应的做家务，

你要去给来不及送终的老母亲，补一跪长哭。

我不留你。

樱花开了，你却走了，

英雄的战袍没披挂新娘的花冠没穿戴；

说好的上武大看樱花去磨山看梅花，美丽的

承诺没兑现，

夭夭灼灼的花瓣花蕊花雨在等你；

说好的长江边上看大桥黄鹤楼上看晴川，美

好的愿望没实现，

说好的老通城①四季美②还没吃，户部巷③江

汉路还没到，

武汉已在你的记忆里贴上了邮票。

作别长江，挥别武汉，

烟花三月故人北上，春暖花开鸿雁南飞，

一江东水恋恋去，满眼西帆依依归。

握别英雄，拥别亲人，

你让我歉意丛生愧疚难当。

把长亭古道汉阳树搬来，

把高山流水芳草地铺好，

---

① 老通城，武汉著名小吃店，主打小吃是豆皮。

② 四季美，即四季美汤包店，武汉著名小吃店，属于苏式汤包，有鲜肉汤包、蟹黄汤包、虾仁汤包、香菇汤包、鸡茸汤包、什锦汤包等。

③ 户部巷，百年老巷，"汉味小吃第一巷"，位于司门口，西临长江，南近黄鹤楼。

再给我一个拱手的台阶，一个鞠躬的驿站，
天地之间一滴泪：武汉欠你情。

不是一个人的告别，是一座城的送行，
用满街的呼喊满脸的热泪，
用满心的感恩满腔的祝福。
所有的轮船拉响鸣谢的汽笛，
所有的汽车打开壮行的车灯，
声声都是爱，句句都是心，
情真意切心心念，相见别难泪沾襟。
每一束灯光都是绽放给你的鲜花，
每一根灯柱都在给你庄严地敬礼。
那一片伸展的绿叶是我给你的心笺，
那一声喃喃的春鸣是我对你的寄语。
我把长江送给你，共饮一江水，
我把目光送给你，守望从此开始。
再见了我的亲人，感谢了我的恩人，
请接受一座城市和它的人民，
那隆重的敬礼！

2020年3月18日于北京

站起来，我依然英雄的武汉

烟波江上

你从8000年前①的黎明中走来，

东湖的放鹰台上搁着你的鱼叉、石锛和石斧，

以及粘着稻壳的红烧土。

你从4300年前②的新石器时代走来，

在黄陂的张西湾筑了一个土城。

你从3800年前③的商朝走来，

在盘龙城扎下一个根、撂下一尊罍④。

---

① 考古发现，武汉地区的历史可以上溯到距今8000年的新石器时代，东湖放鹰台遗址考古发现有石斧、石锛、鱼叉等，以及含有稻壳的红烧土。

② 武汉市黄陂区境内考古发现的张西湾古城遗址，是4300年前古人类生活的重要遗存。

③ 考古发现的盘龙城遗址，是距今约3800年前商朝方国宫城，武汉城最早的立足点。

④ 自1963年发掘以来，盘龙城遗址出土了大量鼎、罍、鬲、甗、簋、盘、卣、爵、瓿、斝等精美青铜器物，形制和工艺与郑州商朝同时期同类型器物近似。

你从2600年前①的春秋血雨里走来，

听楚庄王在珞珈山擂鼓督战。

你从2300年前②的战国腥风中走来，

看屈原在东湖泽畔的烟霞中行吟。

你穿越1800年前三国赤壁③的拍岸惊涛④，

---

① 指关于珞珈山的传说之一。在春秋时期，楚庄王在平定叛乱中，将大营移到东湖南岸一座小山上，亲自擂鼓激励斗志，楚兵群情昂扬，连连获胜。后把楚庄王设营的这座山叫作落驾山，有纪念君王之意。"珞珈山"是武汉大学文学院首任院长闻一多先生改的。珞，是石头坚硬的意思；珈，是古代妇女戴的头饰。

② 相传，屈原（约前340—约前278）离开楚国郢都，沿长江东下，抵安徽陵阳，不久又溯江而上，抵达鄂渚江夏，行吟于东湖湖畔。今东湖风景区建有"行吟阁"，以纪念屈原。

③ 东汉末年，孙权、刘备五万联军于建安十三年（208）在长江赤壁江面，以火攻大破曹操二十六万大军，史称"赤壁之战"，此战是中国历史上以少胜多、以弱胜强的著名战役之一，是三国时期最著名的一场战役，也是中国历史上第一次在长江上开展的大规模作战。"赤壁之战"标志着中国政治军事中心不再限于黄河流域。战后，孙权占荆州，刘备得益州，曹操北回，魏、蜀、吴鼎峙局面形成，中国历史进入三国鼎立时期。

④ 宋朝元丰五年（1082），因"乌台诗案"而被贬为黄州团练副使的苏轼，到黄州城外的赤鼻山游览，误认为此山为八百多年前发生三国大战的赤壁山，写下了《赤壁赋》《后赤壁赋》和《念奴娇·赤壁怀古》等千古名作。在词《赤壁怀古》中有"大江东去，浪淘尽，千古风流人物。故垒西边，人道是，三国周郎赤壁。乱石穿空，惊涛拍岸，卷起千堆雪"。

听1300年前李白的玉笛横吹一座楼①，

看崔颢在黄鹤白云江上愁②。

你唱着900年前南宋岳飞的《满江红》③，

十年功名废，一路问苍天，

何日请缨提锐旅，一鞭直渡清河洛。

你是一部《山海经》，江河铺长卷，龟蛇舞椽笔，

你是一部英雄谱，疾风识劲草，烈火见真金。

---

① 唐玄宗开元十三年（725），李白乘船从四川沿长江东下，到达湖北襄阳，特地拜访了孟浩然，二人品酒论诗十多天。公元730年阳春三月，孟浩然要去广陵（今江苏扬州），二人相约在江夏（今武汉市武昌）黄鹤楼见面。几天后，李白到江边送行，便有了这首《黄鹤楼送孟浩然之广陵》。后来，李白又作《与史郎中钦听黄鹤楼上吹笛》："一为迁客去长沙，西望长安不见家。黄鹤楼中吹玉笛，江城五月落梅花。"李白多次登临黄鹤楼，但这次写作是在什么时间，史郎何许人，是在流落长安城中，还是在前往武汉途中，或是晚年流放夜郎国，或者遇赦途中所作，无从考证。

② 唐代诗人崔颢曾作七言律诗《黄鹤楼》："昔人已乘黄鹤去，此地空余黄鹤楼。黄鹤一去不复返，白云千载空悠悠。晴川历历汉阳树，芳草萋萋鹦鹉洲。日暮乡关何处是？烟波江上使人愁。"此诗年代无考。传李白登黄鹤楼时，见到此作，连赞曰："眼前有景道不得，崔颢题诗在上头。"

③ 岳飞（1103—1142），今河南安阳汤阴县人，汉民族英雄、南宋中兴四将之一。曾作《满江红·怒发冲冠》。岳飞领兵十六载，驻守鄂州（今武昌）达七年之久。公元1134年（南宋绍兴四年），岳飞出兵收复襄阳六州，公元1137年（南宋绍兴七年），岳飞向朝廷请求增兵，收复中原，但未被采纳。次年春，岳飞再次登上黄鹤楼，北望中原，写下这首《满江红·登黄鹤楼有感》："遥望中原，荒烟外、许多城郭。想当年，花遮柳护，凤楼龙阁。万岁山前珠翠绕，蓬壶殿里笙歌作。到而今、铁骑满郊畿，风尘恶。　兵安在？膏锋锷。民安在？填沟壑。叹江山如故，千村寥落。何日请缨提锐旅，一鞭直渡清河洛。却归来、再续汉阳游，骑黄鹤。"

春秋争霸，战国称雄，煌煌楚国八百年。

西汉建制，东汉建城①，悠悠江城两千载。

数风流人物，看沧桑正道，

商歌周乐舞婆娑，楚韵汉风起干戈。

三国两晋南北风，唐宋元明清一统。

借你的九省通衢你的通江达海你的湖光山色，

借你的古风浩荡你的钟磬鼓瑟你的热情豪爽，

以万里长江为水，以千年历史为酿，

你是一坛甘醇的老酒，

酿了八千年，醉了八千回。

你从破碎的山河走来，血色苍茫，曙色苍茫，

以不屈的头颅筑起血染的城墙，唱着低回的楚歌。

汉口码头那沉沉夜色压弯的背脊，像拉满的弓，

江汉关前那巡捕的皮鞭勒出的血痕，是锋利的箭。

五国租界像五马分尸②，跑马场上洋人在

---

① 武汉建制于西汉，为江夏郡沙羡县地。东汉末年，在今汉阳建却月城、鲁山城，在今武昌蛇山兴建夏口城。

② 汉口租界区，位于武汉市江岸区中山大道至沿江大道之间。从清咸丰六年（1856）起，英法两国对中国发动第二次鸦片战争，迫使清廷于公元1858年签下《天津条约》，增辟汉口等十个通商口岸。英国第一个在汉口设立租界，随后其他国家也乘机强迫清政府同意本国建租界，先后建了汉口英租界、俄租界、法租界、德租界、日租界等五个租界，另外，一名比利时人趁火打劫强占一块，自称建比利时租界，后被中国政府赎回。

狂欢。

谁的国土身已碎，谁的城市泪在飞？

那蒙蒙江雾酿出悲壮的船夫曲，

在高亢中呐喊在低泣中怒吼，

在倒地中咆哮在奋起中偾张。

太平天国旌旗猎猎，武昌城下战火熊熊，

抗清反帝势破竹，三占三失血横飞，

九女①贞烈敢战死，东湖芳草埋忠魂。

辛亥革命②枪声一响，

两千多年苍老的帝制在这里戛然停步，

武昌首义十八星方旗③一挥，

东方古国沉重的车轮在这里改道转向，

武汉是历史的转折点，英雄是时代的弄潮儿。

面对军阀与洋人的刺刀、棍棒和酷刑，

---

① 公元1853年1月，太平天国起义军攻下武昌城后，与反扑的清军展开了十分惨烈的战斗。清军得势后疯狂屠杀太平军和当地民众。九名武汉籍的太平军女兵与清军血战，被包围后誓死不降，全部壮烈牺牲。武汉当地民众将她们的遗骨找到，合葬在东湖湖畔，为躲开清军的破坏，不敢叫"九女墓"，而以"九女墩"代之。

② 辛亥革命，指的是清辛亥年（宣统三年）即1911年10月10日夜，革命党人发动的武昌起义。在孙中山的领导和影响下，辛亥革命取得成功，推翻了清王朝统治，结束了统治中国二千余年的君主专制制度。

③ 武昌首义行动时，革命军使用的"方旗"，正方形，40厘米×40厘米，其上方绘饰革命军旗（18星旗）和五色旗，18颗圆星象征着当时的18个省；旗面有红、黄、黑、蓝、白五色，分别代表汉、满、藏、蒙古、回五族共和。

京汉铁路卷怒潮，罢工①声浪起狂飙。

把血衣当战袍把刑场当战场把枪声当礼炮，

铁骨担道义，浩气贯长虹。

北伐军②血战强攻武昌城，

独立团二百将士勇捐躯，

国民革命的烈焰噼啪作响，

北洋军阀的气焰灰飞烟灭，

---

① 指1923年2月7日发生的京汉铁路工人大罢工。1923年
1月5日，京汉铁路总工会决定2月1日在郑州召开成立大会。
1月28日，郑州警方奉反动军阀吴佩孚的命令，禁止大会举
行。次日，吴佩孚派军警镇压。2月4日，总工会一声令下，全
路开始大罢工，京汉铁路瘫痪。吴佩孚、萧耀南、曹锟、赵继
贤等反动军阀采取高压手段，强迫工人复工。5日逮捕多人。7
日，吴佩孚对京汉铁路全路罢工工人实行大规模镇压，打死30
多人、打伤200多人，制造了"二七惨案"。京汉铁路工人大罢
工是中国共产党领导的第一次工人运动高潮的顶点，虽然最终
以失败而告终，但它显示了中国工人阶级的力量和中国共产党
的力量。

② 北伐军，亦称"国民革命军"，中国国民党进行北伐战
争的主力军队，孙中山于1924年9月4日组建，初期分八个
军，宁汉合流后到北伐结束前为四个集团军。北伐军的主要打
击目标是北洋军阀。1926年7月9日，广东国民政府领导的国民
革命军十万人正式出师北伐，共产党人叶挺领导的、以共产党
员为骨干组成的第四军叶挺独立团，作为北伐先头部队率先北
上。进入湖北后，北伐军与军阀吴佩孚在咸宁的汀泗桥、贺胜
桥的险要处激战，终于在8月下旬攻下。10月10日，在围攻了
40天后，北伐军一举攻入武昌城，万名守军全部缴械投降。在
战斗中，叶挺独立团191名战士壮烈牺牲。随后，北伐军连克
九江、南昌，直捣南京、上海。北伐战争是在中国共产党提出
的"反对帝国主义，反对军阀"的口号下进行的，沉重地打击
了帝国主义和北洋军阀在中国的统治，为中国新民主主义革命
的发展开辟了道路。

红色的火种①在这里点燃。

山高水长路迢遥，初心从这里走向诗和远方，

风云际会聚英豪，这里是梦的渡口信仰的
码头，

抖落一身征尘，长江从此浩荡。

牺牲多壮志，日月换新天，

你是一碗英雄的烈酒，

丹心映照，碧血酿成。

数九寒风起，江城悲歌吟。北京关切切，八
方车辚辚。

为了英雄的人民不再痛，英雄的城市不受伤，

你千里驰援救死扶伤，

你一身戎装蹈火赴汤。

你从河南河北赶来，你从山东山西赶来，

三山五岳一根连，江河湖海一脉通。

你是吴越悬壶尽入楚，从此白衣做战袍，

你是八闽南粤起金戈，誓叫魔怪无处逃。

青藏高原千里草原，马不停蹄，

天山南北风驰电掣，人不下鞍。

巴山蜀水潇湘云，白山黑水川贵云，

---

① 北伐过程中，中国共产党各级组织领导工农群众积极参
与战斗、运输、救护、宣传、联络等工作，在作战、政治工
作、发动工农群众方面培养了骨干力量，积累了经验，打下了
群众基础，为后来包括南昌起义在内的武装斗争播下了革命的
火种。

皖江赣江风樯动，琼海渤海风雷激。

京汉一条线，沪楚一江水，

六盘山上红旗漫卷①，秦皇岛外大浪滔天②，

河西走廊③西风烈，黄土高坡土飞扬。

你是亿万神州尽神医，岂曰无衣④借我袍，

你是四万神手创神奇，岂曰无戈赠我矛。

来不相识，走没相认，你是自带光环的救星，

来是出征，回是凯旋，你是披满荣光的英雄。

聚是一团火，散作满天星，

知道你是那团雷火，却不知道你是哪颗星。

你的疲惫是否缓解，憔悴是否消散，

你的创痕是否抚平，颜值是否回升，

你的发梢是否已长出，青春是否还依然？

烟波江上

071

---

① 出自毛泽东诗词《清平乐·六盘山》。1935年10月长征途经六盘山时，毛泽东作此词。"天高云淡，望断南飞雁。不到长城非好汉，屈指行程二万。　六盘山上高峰，红旗漫卷西风。今日长缨在手，何时缚住苍龙？"六盘山，位于宁夏西南部，此处指代宁夏。

② 出自毛泽东诗词《浪淘沙·北戴河》："大雨落幽燕，白浪滔天，秦皇岛外打鱼船。一片汪洋都不见，知向谁边？　往事越千年，魏武挥鞭，东临碣石有遗篇。萧瑟秋风今又是，换了人间。"作于1954年。此处指代河北。

③ 位于甘肃省西北部祁连山和北山之间，又称甘肃走廊，西北地区重要的交通要道，东起乌鞘岭，西至玉门关，长约1200公里，南北宽约100～200公里，因为位置在黄河以西，故称"河西走廊"，沿途主要城市有武威、张掖、敦煌等历史文化名城。汉唐时丝绸之路经这里通向中亚、西亚。此处指代甘肃。

④ 出自《诗经·秦风·无衣》："岂曰无衣？与子同袍。王于兴师，修我戈矛。与子同仇！岂曰无衣？与子同泽。王于兴师，修我矛戟。与子偕作！岂曰无衣？与子同裳。王于兴师，修我甲兵。与子偕行！"

妻子的生日蛋糕你补了吗？

老公答应的家务在做了吗？

不知道国家有没有给你分配男朋友①，来武汉相个亲吧，

不知道有没有和爱人补办婚礼，请接受武汉的祝福吧！

生死一条命，天地一颗心，你是真正的英雄，

救了一座城，半世不了情，你是我们的恩人。

医病医心医社会，救人救命救苍生，

但愿人心没有病毒社会没有欺诈世上没有谎言，

但愿人间没有唾沫悲哀不会传染美好不会打蔫。

激动的心颤抖的手，请你喝了这盅酒，

千杯万盏我先醉，千恩万谢杯中酒，

从此共肝胆。

英雄的城市也有泪，勇猛的战士也有痛。

一个个失亲的家庭，走不出泪水的沼泽，

一夜夜无边的哀思，挪不出呜咽的深渊，

---

① 在武汉战疫期间，湖南省中医药研究院附属医院的护士田芳芳，作为第三批援鄂医疗队队员奔赴武汉，她说："我是单身，还没有男朋友，我先上。"在武汉期间，田芳芳与同事在纸上写下自己小小的心愿："希望疫情结束，国家给我分配一个男朋友。"田芳芳的英勇行为和天真可爱，赢得了无数网友的热评和点赞。

孤寂的灵魂在荒凉的野地找寻往日的温暖。

那声凄厉的车笛啊把女孩儿的妈妈拖去了哪里？

天国的妈妈能不能听到女儿那撕心裂肺的哭喊？

乖巧的儿子啊为什么不给妈捎个信儿？

是不是玩疯了找不到回家的路？

相濡以沫半世纪的老伴啊还没回家，

桌上的锅碗瓢盆抹布茶杯还在等她。

那位60岁的儿子啊你去了哪儿[1]？

你90岁的老妈在喊你回家吃饭，等你叫妈。

病床上幼童的小手还在摸着黑相框里的爸妈，

你怎么回到你没有了爸妈的家？

天上人间，阴阳两隔，

思念在哭泣，亲情在流血，一个城市在祭悼。

让所有的泪水浸泡痛苦的心田，流进滔滔江河水，

---

[1] 2020年2月初，武汉某医院的医生分享了这样一则故事，感动了千万读者。一位90岁的老母亲一直陪护着已经被确诊的64岁儿子。因为怕家里其他人被传染，老人说自己年龄大了无所谓了，坚持自己一人到医院守着昏迷中的儿子。在发热门诊，一连5天，老人一直握着儿子的手，饿了泡方便面，困了就在儿子病床前眯一会儿。老人找护士借来纸和笔，给上了呼吸机的儿子写留言："儿子，要挺住，要坚强，战胜病魔，要配合医生治疗，呼吸器不舒服，要忍一忍……"并麻烦护士转交给儿子500元钱，好买生活用品。谁知道，儿子还是没有抢救过来……

让所有的思念飞向高远的云天，托起远行的天舟。

走向天堂的老人们啊，

那里有没有天伦之乐、安逸的生活，在等你？

有没有走出轮椅扔掉拐杖，让江边的春光照着你的鹤发童颜和杨柳般弯曲的老腰，在晨练？

走向天堂的男人们啊，

那里有没有码头让你当拐子，让你享风光？

有没有一个天要你去扛，你还可以游长江？

走向天堂的女人们啊，

那里有没有搓不完的衣服逛不完的街，

聊不完的八卦杠不完的精①？

走向天堂的孩子们啊，

那里有没有你喜欢的玩具上瘾的游戏追捧的爱豆②？

有没有人陪你上网课、逼你写作业、骂你小茗货？

有没有爸爸妈妈一样温暖的怀抱，在等你？

走到一起去吧，同船远渡的亲人们，那里

有爷爷奶奶姥姥姥爷，有爸爸妈妈兄弟姐妹，

---

① 喜欢抬杠的意思，亦指"抬杠成精"的人，凡事必较真儿、必抬杠，而且没完没了。武汉人好用此语。

② 爱豆：偶像的意思，音取自idol。

有同学老师邻里乡亲，有医生护士导演
警察，

会有崇拜的真心英雄和心仪的梦中情人。

还是一个大家庭吧，

天堂没有病毒，心灵不再孤独。

一杯清酒酹江月，

从此爱是两滴泪，

一滴在天上，一滴在水中。

心灵之痛难隐去，城市之殇正结痂。

倒地的战士依然是战士，

落泪的英雄仍然是英雄，

一枕长哭含泪起，擦干血痕再前行。

真的猛士，

是敢于直面惨淡人生①的英雄，

是敢于正视淋漓鲜血的战士。

武汉是英雄的城市，我们有英雄的基因，

一切即将过去，一切终将过去，

一切必将从头越，大江日夜流。

从伤痛中走来的战士，不惧怕灾难，

在磨难中奋起的城市，将更加坚强，

经历苦难的人们，

更珍爱生活珍视生命珍惜亲情。

---

① 出自鲁迅先生《记念刘和珍君》："真的猛士，敢于直面
惨淡的人生，敢于正视淋漓的鲜血。"

春江水暖寒意在，山花烂漫四月天，

等到念想的翅膀在飞翔，

等到自由的脚步任轻扬，

让憋屈的心情放个风，把消沉的意志充个电，

给纷乱的思绪理个发，把哭过的鼻子擤一擤，

照样去等轮渡挤地铁赶公交叫网约车，

照样过大桥二桥二七桥，去楚河汉街汉正街，

照样走公铁隧道过江隧道过街隧道。

把贮存的能量放出来，把久积的消沉挤出来，

到光谷找个工作，去武大听个报告，

城市靠你我运转，幸福由自己创造。

上美团淘宝京东购个物，找影院剧场茶座看个戏，

然后去户部巷吉庆街武汉广场消个夜，

去江滩公园月湖公园南湖公园跳个舞，

再去汉阳门码头乘个凉，

看夜色下那一对对一排排一串串羞涩的亲爱，

怎样装点美好的时代。

我爱你，我羞中的武汉，

你的咬牙坚持你的抿嘴不哭你含泪的微笑，

让我肝肠寸断；

我爱你，满血复活的武汉，

你的风姿你的风骨你的风度，犹在。

潇洒一甩头，你便是明媚的春天，

依然是知音的故乡楚辞的家，

平地出高楼，长桥卧横波，

沙湖碧波起，东湖紫烟生，

扁舟孤帆直，梦里烟堤楚汉雨，

长河落日圆，醉入江城晚照风，

愿你江山万里无恙，愿你盛世千年无虞。

铺开来，你是一幅画，

站起来，你是一座城，

祝福你，我美丽的英雄大武汉！

烟波江上

2020年3月23日于北京

后记：这样一个值得记忆的季节

这是一个令人落泪的季节。

所有的目光投向同一座城市，武汉成了世界的焦点、地球的热点、国人的泪点。几个月来，硬汉般的武汉被泪水浸泡，满是伤楚的泪，满是感动的泪。

一座城市的性格是由它的历史决定的。无论是在"筚路蓝缕，以启山林"的远古洪荒，还是在春秋战国血雨腥风中的楚国八百年；无论是在太平天国起义、辛亥革命、北伐战争、反殖民反侵略斗争的战火硝烟里，还是在1931年武汉特大洪水、1954年长江大水、1998年抗洪的惊涛骇浪中；无论是在改革开放的新时期，还是在全面建成小康社会、致力民族复兴伟业的新时代，这片土地上的人们从来就没有沉沦过。但是这一次，武汉受到了深深的伤害。历史上的武汉流的血多，但这一次流的泪多。

公元2020年1月23日上午10时，封城。这是武汉城第一滴泪落下的时间。1月23日—4

月8日，武汉的76天，以史诗般的悲壮载入人类的史册。

武汉一伤心，长江泪滔滔。

是的，受伤的武汉教人心疼，数字的背后全是泪。度日如年，度秒如年，但武汉人以惊人的意志挺过来了。相信这种悲壮和坚强，将重塑武汉的性格，不是喷塑，不是烤漆，是熔铸在骨子里，融入了血脉中。

这是一个爱心潮涌的季节。

在这个寒冷的日子里，武汉强烈地感受到了爱的温度。党中央高度重视武汉的疫情防控工作，十分关心武汉人民、湖北人民的生活，习近平亲临武汉看望受难中的人民；各地医护人员从四面八方赶赴武汉，用援手扶起倒地的城市，用爱心复苏痛苦的心灵，有人甚至献出了生命；全国人民以各种方式支援武汉，爱的暖流灌满长江汉水，滋养着这座城市。武汉没有理由不佩服自己，不能不感恩全国。

从悲伤中站起，在爱心中复活，武汉也是英雄。

这是一个彼此牵挂的季节。

武汉被牵挂，湖北被牵挂，你我被牵挂。天南地北一线牵，问候的信息替代了拜年的祝福。

这个冬春，口罩是最珍贵的礼物，手机问候是最好的方式，所有的关心不停地叩响你的手机，让你觉得自然而惊喜、妥帖而欣慰、熟稔而新奇。湖北、武汉是我的家乡，是我学习工作生活过的地方，我虽然人在北京，心却挂念长江，每天生活在武汉的世界里。早上等数据，时时看新闻，天天打电话、通视频，既是工作需要，也是感情使然。家书少了但联络多了，见面少了但牵挂更多。疫情，让一些人丢失了亲情，也让一些人从容地享受着亲情的珍贵。

这是一个以诗道情的季节。

《庄子》曰："诗以道志。"灾难酿巨制，困厄出歌诗。疫情期间一下子涌现出来那么多诗人歌者，那么多诗词歌赋，竞相表达自己的感受自己的关切，形成一股股情感的暖流。封城当天，看到一条短信，说的是一位老前辈不幸染病而全家受委屈的遭遇，读了心里很不是滋味儿。翻看朋友圈，类似情绪在弥漫。疫情不是我们希望看到的，武汉人是受害者，我们对病毒知之甚少，责骂怪罪武汉人无济于事，共同面对是明智之举，抢救生命是当务之急。封闭自己、保全全国，是武汉人的义举，此时此刻需要的是理解和同情、支持和帮助，而不是歧视。我想我应该站出来，替武汉人说说公道话。打开电脑，我写下第一行标题"致敬武汉人民",顿时泪奔了。

危情令人揪心，温情让人暖心。控制疫情、拯救生命，武汉发出了SOS，党中央采取的一系列果断措施，使不少生命起死回生。封城的第十天，我写成《武汉，生命在呼唤》，试图从多个角度表达各方面心声，强调对每一个生命的尊重，展现正在进行的拯救生命的行动。

封城接近20天，是最难熬的时候，人们不知道还需要坚持多长时间。久憋在家难受，心理需要安抚，情绪需要纾解，于是我写了《给武汉的一封信》。在这首长诗里，针对不同的人群不同的心理状态，搭建了多种语境元素和场景，想让更多人开启新的心境。随着收治率、治愈率上升，省内外医护人员的工作成效和奉献精神得到普遍赞誉，他们的英雄壮举感动了全社会。那天，看到一幅图片，讲述了一个故事，湖北郧西县店子镇中心卫生院护士江世娥坚守防控一线，25天没有回家。那天，丈夫抱着9个月大的孩子来给她送饺子，因为不能近距离接触，她便远远地蹲在路边吃着，丈夫和孩子在一旁看着。我请正困在湖北郧西老家的同事刘鹏核实这件事，他很快告诉我情况属实。"学习强国"转发了这条新闻，获得很大的点赞量。这令人眼热的一幕触发了我的灵感，我开始酝酿，想为医护人员写点什么。封城第三十天，写成《九头鸟对天使的鸣谢》，很快在湖北地区、医护人员中传开，多家App和微信公众号跟进。《中国教育报》公众号以"家长老师，陪孩子读一读这首长诗，给抗疫生活留一段光亮的印记"进行了推荐，家长和学生们的跟帖非常热烈，不少人留言"我看哭了""泪流满面""你们是世上最美的白衣天使"。感谢医护人员，是所有中国人应有的良心。

居家隔离时间一长，各种生活服务问题必然会出现，网上甚至疯传武汉大嫂的"汉骂"。有关部门决定想办法解决这些问题，从2月23日起通过"学习强国"学习平台和"文明武汉"微信公众号公开招募志愿者，开展关爱服务活动，很快数万名当地志愿者身穿红马甲上岗，与此前的"下沉干部"们一道，奔忙于全市7000多个居民小区，解决物资供应最后100米的问题。有的志愿者告诉我，有的时候一连几天回不了家，只能在小区的办公室趴一晚上。累是其次，还会受很多委屈，但又必须坚持。这些志愿者是默默无闻任劳任怨的英雄，是非常时期最可爱的人。在封城的第五十天，我写成《致敬武汉志愿者》。一位在检察院工作的志愿者告诉我，他流着泪读完了这首诗，觉得写的就是他们。

随着防控效果明显好转，从3月17日起，援鄂医疗队开始有计划地撤离，湖北各地市州、整个武汉市不约而同地出现了感人的送别场面。

数里长街，夹道欢送，湖北人民、武汉人民以最隆重、最真诚的方式表达他们的感激。以我对武汉人的了解，他们是不轻易说"你是我的恩人"这类话的，但是这一次，武汉人民被彻底感动了，他们从心底一遍遍地喊出了这句话。恩重如山，情深似海，话一出口，闻者、言者皆流泪。送别现场出现不少群众以跪相送的情形，这都是发自肺腑、无须导演的。一位跪地磕头的男子引起大家的关注，事后得知，他一家11口人全部被医护人员抢救过来了，叫他如何不感恩！这一拜，是良心的表达，感动了全中国。于是，我把这份感动写成《请接受一座城市的敬礼——献给援鄂医疗队队员》，这是讴歌医护人员的第二首诗。

有暂停键就一定有重启键，有封禁日就一定有解禁日。4月8日启封的武汉会是什么模样？英雄的武汉能否重振雄风？我把目光投向了武汉几千年的历史，从800年楚国风云中探索武汉的精神硬核，从武汉所经历过的斗争中寻找答案，从楚文化的内涵中研究城市的性格。封城第六十天，我写成《站起来，我依然英雄的武汉》，相信从泪水中站起来的武汉，一定英雄意气不减，一定更加美丽繁荣。但是诗写好后我没有急于推出，而是在等待，等待武汉城启封的那一刻。

在这期间，应贾平凹先生主编的《美文》杂

志之约，还写了一篇9000字的散文《人类，从血泊中站起》，对古今中外人类与瘟疫的抗争史进行了回顾。此文刊发后先后被上海的《收获》杂志、《人民日报》（海外版）及《华西都市报》《陕西日报》等多家报刊和多家公众号转发。从后来疫情在世界范围内蔓延的情况来看，这篇文章有一定预想性和参考价值。

我本不写诗。诗是神圣的，我怕自己的境界和才情不够，会玷污了这个字。我固执地认为，无病呻吟、自作多情、孤芳自赏、晦涩难懂，以及装古扮老、附庸风雅、拘泥陈规、因形害义，甚至通篇标语口号，大话空话震耳欲聋、响彻云天，不叫诗。只有自鸣、没有共鸣的文字是苍白无力的。有悲情要宣泄，有豪情要抒发，有心声要倾诉，有愤怒要表达，才可以用诗一试。这次家乡遭此劫难，我不能不写点什么。好像除了写下这些个长短句，没有更好的方式。感谢家乡，向我毫无保留地展陈了全部的痛楚，让我知道了什么叫切肤之痛，什么叫十指连心。感谢家乡人民的厚爱，他们包容了我拙劣稚嫩的诗笔，几乎每一篇诗作都得到父老乡亲的热情反馈。

感谢春风文艺出版社的善解人意。编辑找到我，说想把这些乡愁之作出一本书，我说，好。后来，编辑建议把《人类，从血泊中站起》作为代序，我说，好。我说能不能把音频加上，编辑说，好。讨论了书名，我想有一些文史味道和现实感，便想起了崔颢的名篇《黄鹤楼》里"日暮乡关何处是？烟波江上使人愁"，烟波未散，乡愁犹在，起名"烟波江上"如何？编辑说，好。

我很想感谢艺术家们对这些诗作的青睐和二度创作。著名朗诵艺术家、中央广电总台播音前辈葛兰、虹云、雅坤老师，在北京的姚喜双、刘纪宏、康辉、周涛、田歌、孙悦斌、沙桐、虹露等老师，在湖北的鄢继烈、柳棣、李晋峰、陆鸣、谢东升、鄢萍、路羽、樊昕、石青等老师，远在澳大利亚的吕忠堂等老师，主动朗诵了这些诗作并发在各种微信公众号上，中国传媒大学1986年级播音系全体同学集体朗诵了《请接受一座城市的敬礼》，还有各地朗诵爱好者录制了多个版本在微信公众号、喜马拉雅等平台传播。这些朗诵大大提升了诗作的价值和影响力，而我与他们一个都不相识。特别想感谢旅澳华人吕忠堂先生，虽然我们素昧平生，彼此连电话微信都没有，但老先生表现出对《站起来，我依然英雄的武汉》这首诗的偏爱，他深入研究了诗中的每一个信息点、知识点，一一做了注解。浙江一位没见过面的朋友辗转交给我这个注释文本，仔细一看，竟然长达30万字！吕先生下的功夫之深、研磨之细，令我感动。这种厚爱，是诗的荣幸、我的荣幸。我想，是共同情感和诗的力量，把我们拢在一起。

说完了诗，再说说歌。

这是一个以歌抒怀的季节。

《尚书》云："诗言志，歌永言。"好像人人都想写歌、唱歌来赞美抗疫的英雄，表达对湖北人民、武汉人民的深情，各种MV像春笋林立，像雪花漫天。

我最喜欢武汉小伙子冯翔自创自唱的武汉民谣《汉阳门花园》，手机里存了好些个版本，听了无数遍，他的唱腔多少带着点黄冈或者荆州或者黄陂的口音。我小时候多次到过汉阳门码头，它就在长江大桥桥头堡旁边。我至今保留着一两岁时，爷爷奶奶抱着我在大桥下照的相，但不记得那里还有个汉阳门花园，回忆起来好像是有那么一个，很小，充其量是一窄溜街心绿地，像个交通安全岛，里面还被一个火车售票点和一个脏臭不堪，千人踏、万人踩的厕所占着。民主路通往司门口、小东门，路边倒真的是有卖清茶、卖绿豆汤的，我喝过，炎天暑月的时候真是解渴。对这首汉味十足、乡情浓郁的民谣，没有哪一个武汉伢不喜欢的，尤其是身在异乡的武汉伢，都想把它学会了，但十个人有九个半唱不准调，十个人有九个半记不全词，人人都想张口唱，但个个都哈着个嘴，努了半天也接不准茬，除了那句

"冬天蜡梅花，夏天石榴花"外，基本上是半唱半念连滚带爬地唱不完又收不住。有这样一个视频，一群在美国旧金山读书或谋生的武汉儿子伢、姑娘伢，疫情发生后攒了蛮多口罩漂洋过海寄回家，然后相约到金门大桥下，一起对着手机、跟着手机唱这首歌，没有一个能唱准的，也没有一句是准的，表达的思乡之情却是浓浓黏黏的，他们太想唱好了，一遍又一遍地重来，以至于一个个努力得泪流满面。如今美国的疫情如此，不知道这群武汉伢怎么样，轮到我们挂念他们了。

这是诗与歌的力量。

这是一个嘈杂纷繁的季节。

非常时刻，想刷存在感的不仅仅是诗与歌。一段时间以来，围绕疫情话题，国内外的舆论场看点频出，热点纷呈，像球场，像广场。漫天的图文音视频传播着温暖的力量、信心的正能量，像阳光缕缕明亮，像绿叶片片向上，像春江水翻涌澎湃。也有许多或真或假、亦真亦假的资讯在泛滥，见仁见智、成岭成峰的观点在交流，还有不少沾着细菌、自带病毒的唾沫在飞。跟帖比信息热，谣言比病毒快，爆款多、网红多，无须人找信息，而是信息找人；奇葩信息多、情节反转快，让人瞠目结舌，来不及消化。

拨动一下地球仪你会发现，全球五大洲，南北两半球；东西两世界，都在忙碌之中。有的忙着抗疫，有的忙着打仗；有的忙着封城，有的忙着封国；有的忙着甩锅，有的忙着制裁；有的在隔岸观火，有的已火烧眉毛。疫情不分国界，病毒长了翅膀，让你真切地感受到地球同此凉热。国内外许多血淋淋的疫情一次次地挑战着人们的想象力和承受力，一些残酷的现象一遍遍地撞击着人们的心理底线、道德底线和情感底线。疫情灾难，让地球人知道了什么叫命运相连、患难与共。疫情发生的国内国外两个舆论场相互渗透、相互影响，热闹非凡，一些人在创造新闻，一些人在直播现场；一些人宅心仁厚、天下情怀，一些人居心叵测、信口雌黄；一些人在大声疾呼、身体力行，一些在制造谣言、炮制谎言。

再看看微信朋友圈，有满腔热忱传递温暖的，有满脸愁容心急如焚的；有慈眉善目挑着刺的，有和颜悦色提着醒的；有苦口婆心唠叨没完的，有横眉竖眼谁都看不惯的；有赌狠的"老子到处说"，有洗地的伸头就招骂；有不依不饶死磕的，有义正词严发檄文的，有嬉笑怒骂面不改色的，有对号入座暴跳如雷的。

这个季节里，日记成了一道风景。电视日记、微信日记、工作日记频现，居家日记、护士日记、记者日记、文人日记在发声，从不同角度记录着一个国家一个阶段的心路历程、一座城市一个时期的心电图。中央电视台新闻频道里的"武汉抗疫日记",那每一个故事都让人潸然泪下又令人奋起;"学习强国"每天一组"凡人金句",是最走心、最暖心的公开日记。有的日记是宏大叙事在记录历史,有的日记是独门独院在自问自诊。写日记是一种习惯也是一种自由,发日记是一种行为也是一种责任。套用那首《汉阳门花园》里的一句词"过路的看风景,住家的卖清茶",风景好看、清茶好喝,现在的情形是,过路的也在卖清茶,住家的却在看风景,因此味道不同、风景各异。

塞上秋来风景异,羌管悠悠霜满地。冬春之际无时不有寒意悲情,也无处不有暖意温情。人在疫区,都有体感;尽管远隔千里,只要亲情热线不断,就在深入生活,比道听途说更能感知人性的脉搏。情感相通是最真实的体验。世相百态、众生千面,各有表情。在大灾大难面前想发声,这是权利,纯属正常。人类在磨难中成长,说的是心性的成熟。我们可以抒发感情,表达焦虑甚至牢骚憋屈,但发声要有建设性而不是破坏性,有助于解决问题而不是制造混乱,不要试图在灾难面前对人们脆弱的情感做破坏性试验,或者往汩汩冒血的伤口上大把大把地撒盐,还美其名曰"疗伤"。心急喝不得热汤,饮冰不凉热血，凡事有个轻重缓急，有时候用止血剂比吃预防药更紧迫。一个人的发声不代表一座城的发言，在人人都有麦克风的时代，无须独家代言，拒绝民意绑架。无语不是默许，是因为伤口疼得说不出话来。河东狮吼如果吼得不是时候，便成了杂音噪音。把灯光调得暗暗的惨惨的血糊糊的，会让人看不到光亮，看不到希望。吃劲的时候，指责不一定解决问题，抱怨只能让人气馁，乱喷只会泄人志气。打枪不能不看目标不分战机。玩枪容易走火，瞄不准就不要掏枪。乱扣扳机，一切子弹都是病毒。

要预防侵身的百毒，更要防人心的病毒，不让舆情变成疫情。有的人不看大势无视基本盘，漠视人们的努力，只顾发幽情泄私愤，互相喷搞个演；有的人卖丑求荣借机说事，罔顾事实刻意抹黑攻击，则是包藏祸心，用意险恶了。一味夸人家饭菜好、楼上老婆漂亮，只能使自家烟熄火熄、互怨互怼。这些也是病毒。如果试图从隔壁请一个爹来拜，那更是犯家规了。那些妨害国家安全、损害人民利益和解构人类共同命运体的人，是必须消杀的病毒。

人类抗灾上的瘟疫首先是天灾。目前全球有100多万个物种面临灭绝，许多疾病、病毒正发生着跨物种的传播，人类无时无刻不在同各种天灾进行斗争，这是物种之间的生存之战。人类不战胜病毒，就会被病毒吞噬。各国需要采取隔离措施，但更需要合作来对付共同的敌人，任何人都不可能置身事外、独善其身。中国的抗疫是一场战斗，首先是猝不及防的遭遇战，是人与病毒之间的生死之战，绝不应该是针对人的斗争。在应对病毒的过程中，认知难免滞后，判断难免失准，决策难免失误，责任当然要追究，但在原因不明、救命要紧的关键时刻，一味地指责、攻击、嘲讽、怨恨，甚至煽情拉仇恨，都是在瓦解斗志、转移重点、分散精力、干扰大局。我们需要发现问题，但更需要解决问题的办法、效果。真理越辩越明，前提是要立足本真和保持理性。考察事物发展过程，微观细致具体，宏观全面准确。微观角度要防止无视大局以偏概全，宏观角度要小心忽视个体忽略脚法。宏观与微观、整体与局部、本质与现象无限趋近，才能合成真实的图像。中国的抗疫斗争已经取得阶段性胜利，人类的抗疫斗争必将取得绝对性胜利，这是历史的真实，不符合这个基本判断的"听说"，都是一叶障目、盲人摸象。一切不利于取得抗疫胜利的言行，一切有害于心灵修复的唾沫，一切谎言狡辩和欺世盗名都是病毒。

　　这是一个伟大的时代，波澜壮阔的历史进程为我们铺好了长卷；这是一场伟大的斗争，人与自然、人与自我、人与社会的矛盾冲突、戏剧情节俯拾即是。全国人民同心协力共克时艰，与世界人民守望相助共渡难关，携手共建人类命运共同体，必将发生许多伟大壮举和辉煌故事，为鸿篇巨制铺好了产床，在等待我们以宏阔的胸怀、火热的情怀、精制的构思、如椽的巨笔来描绘。如果不是这样，我们便愧对这个时代，枉过一段苦难的日子。

　　这是一个深刻的季节，在历史时间的年轮上，当有重重的一道痕。在前行中回顾，在反思中奋起，是必需的程序。不是跋，而是序。

　　一切过往，皆为序章。

　　是为后记。

刘学俊

2020年4月15日　北京

图书在版编目（CIP）数据

烟波江上 / 刘汉俊著 . — 沈阳：春风文艺出版社，
2020.6（2024.8重印）
ISBN 978 - 7 - 5313 - 5787 - 2

Ⅰ. ①烟… Ⅱ. ①刘… Ⅲ. ①诗集 — 中国 — 当代
Ⅳ. ①I227

中国版本图书馆CIP数据核字（2020）第092420号

北方联合出版传媒（集团）股份有限公司
春风文艺出版社出版发行
沈阳市和平区十一纬路25号　邮编：110003
永清县晔盛亚胶印有限公司印刷

责任编辑：姚宏越　　　　　封面设计：杨光玉
责任校对：陈　杰　　　　　幅面尺寸：134mm × 207mm
字　　数：73千字　　　　　印　　张：3.75
版　　次：2020年6月第1版　印　　次：2024年8月第3次
书　　号：ISBN 978-7-5313-5787-2
定　　价：68.00元